一遍はいずこへ

青山淳平

本の泉社

一遍はいずこへ　目次

第三章　一遍はいずこへ

プロローグ

野瀬英一郎はこの頃、パリへ行った日のことをよく夢にみる。

パリといっても名所をめぐったわけではない。セーヌ河にかかるミラボー橋をみただけである。ときわ銀行の頭取になって二年後の二〇〇六年五月だから、もう七年も前のことだ。

まるで意中の女と会うかのようにセーヌへかけつけ、橋をわたり、たもとの銘板をじっとみつめていた。そこにはアポリネールの「ミラボー橋」の出だしの詩文六行が、フランス語できざまれている。熱っぽい視線をそそぎながら、堀口大学の訳文を思い浮かべていたときのことが夢にあらわれる。

ミラボー橋の下をセーヌ河が流れ／われらの恋が流れる……。

だれでもよく知るこの詩は、若いころから、野瀬を魅了してやまなかった。全部で四節ある詩の大半は忘れてしまっていたが、銘板にある六行はいつでも諳んじることができた。

この日、かれはプラハでの公務をおえるとパリへ飛び、ミラボー橋へ直行している。プラハからは案内役で、大口融資先であるセシリア社長の田嶋俊三が同行していた。田嶋はアメリカとフランスの大学に留学した経歴があり、欧米の歴史や文化にも明るい。頭取とならんで銘板をみつめ、フランス語で一度、たどたどしく詩文を読んでみせると、最後の二行は日本語でくりかえした。

日も暮れよ　鐘も鳴れ／月日は流れ　わたしは残る
田嶋は詩から目をはなし、しばらく河岸へ顔をむけていた。パリの五月の空から、澄んだ光が石造りの建物を照らしていた。ふたりがたたずむ橋の上を、観光バスや乗用車がひっきりなしに走っていく。

ふたたび銘板へ目をもどすと、田嶋は理屈っぽくつけたした。

「古今東西、時は流れ去る、ということです」

野瀬はその言葉をそっくりうけとめてうなずいた。それからおもむろに、ひとまわり年下の相手につたえた。

「その通りだが、わたしは残る、というのがどうも気にかかる」

若いころ、人口に膾炙（かいしゃ）するこの詩は、時の流れを、恋をうしなうことで表現したのだとている。

うけとめていた。ところが年をかさねるにつれて、どこかちがうぞ、という気分にもなっ

「わたしは残る、ですか？」

田嶋は、歴史を積み木にしたような河岸の建物と樹木の緑が美しい景観へ視線をなげかけた。それからふりむくと、この詩の哲学は大陸合理論ですよ、西洋では自我は普遍的な存在ですからね、とえらく堅苦しいことをいった。

「難しいことはわからんが、日本人の私には、時と一緒に自分も流れ去る、というほうがしっくりとする」

「なるほど、日本は仏教国ですから、諸法無我ですね」

「うん、そうだな、諸法無我か。こんなところで、耳にするとはねえ。これも田嶋さん、あなたが道案内して下さったおかげです。若いころからの願いがかないました」

「ご同行できて、こちらこそ有難いかぎりです」

田嶋は応えたが、すがたは僧侶にかわっていた。墨染の衣がセーヌの流れへひるがえっている。そうか、やっぱりみんな消え去ってゆくのか、とつぶやくと、野瀬は決まって夢からさめるのだった。

第一章　上人像焼失

裸がええ

シャワーで寝汗をながしてさっぱりすると、日課にしている犬の散歩へでかけた。住まいは四十九番札所の浄土寺に隣接した山ぎわにある。寺院のながい白壁がつづく小道を愛犬とあるく。それから小高い山のふもとの八幡神社の石段をゆっくりと上がり、途中でたちどまった。昇りはじめた朝日にさそわれクマゼミの啼き声がわきあがっている。日中は息苦しいほどの暑さになりそうである。八月にはいっても記録的な猛暑がつづき、昨日の九日は全国で二百をこえる地点で猛暑日だった。もうすぐ盆入りだというのに毎日、松山もかつてないほどに暑い。野瀬は市街地のむこうの四国山地をながめながら、あの山のふもとなら、少しは涼しいだろう、と気分をなごませた。土曜日の今日は、そこにある一遍上人の旧跡へでかけることにしていた。

食卓にはいつもの朝食がそろえてある。玄米粥一膳、梅干一個、焼いたメザシ、それと季節の野菜がたっぷりはいった味噌汁である。会長にしりぞいてとりくんだのは減量だった。伊豆高原にある断食道場へ妻の千代子と逗留して、食生活の指導をうけた。百八十センチ近い長躯に八十キロをこえていた体重は、おかげで七十キロにまで落ちている。あと十キロ減量するつもりである。それでは痩せすぎですよ、と妻は心配するが、人生一事をなせば、晩年は枯木になるのがよい、とかれは本気で自分に言いきかせていた。

二人の息子は県外に家庭をもっていた。老夫婦がむかえる朝は、いつの日も淡々とひっそりしている。

でかける支度をすませ、居間で伊佐岡修平がむかえに来るまで地元紙と日経新聞を読んだ。九時過ぎに千代子が、

「おむすび、置きましたよ」

と二人分の弁当のことをいった。

郷里の宇和島からとりよせている温州みかんのジュースをブレンドして炊き込んだごはんに塩鮭をいれて、海苔でまいた妻の自慢の一品である。高校の同級生だった千代子と初めてデートをし、宇和島城の公園で食べたおむすびと、レシピも具材も同じである。野瀬には恋女房がにぎるおむすびのふくよかな味が忘れられない。弁当といえば妻がにぎるおむすびだった。

庭先で愛犬が嬉しそうに吠え、チャイムが鳴った。伊佐岡がむかえに来たらしい。十時の約束だった。日経新聞のコラム欄から目をあげ、棚の置時計をみた。長針はきっちり十分前をさしている。

「あなた、おいでたですよ」

顔だけのぞかせて、千代子ははずんだ声で夫をうながした。野瀬は食堂にたちより、おむすびと水筒のはいった手提げ袋を手にした。三和土に腰を落とし、ひさしぶりにキャラバンシューズをはいた。庭からは、千代子に何やら話している伊佐岡のしぶい声が聞こえる。

旧跡を訪ねる前に、野瀬にはひとつ立ち寄りたいところがあった。銀行が所有している野球場の管理棟の横にドッグハウスがあり、そこで飼われている二匹の小型犬と会い、管理人の労をいたわったあと、目的地へむかうことになる。

玄関からでると、植えて五年目になる甘夏の濃い緑の葉かげから、伊佐岡が黒縁のめがねをかけた丸顔をひょいとのぞかせた。

「日照りで心配じゃったけど、お世話がよくできとらい」

とあいさつがわりの愛想を口にした。甘夏は柑橘類の栽培が趣味の伊佐岡が開発した新しい品種だった。その自信作の苗木を野瀬の屋敷の日当たりのよい場所へ植樹したのである。そのことがきっかけで、庭にある他の花木も伊佐岡から手ほどきをうけ、千代子がこまめに世話をしている。

野瀬は甘夏の実から目を南の空へあげて、

「修平さん、こんなに暑い夏は初めてやなあ」

と、二つ年下の元同僚に声をかけた。

伊佐岡は銀行の地域経済研究センターの所長を退職後、短期大学に教授として迎えられている。当初は地域経済史を担当していたが、ここ最近は「愛媛学」の講座名で、民俗、文化、それに郷土の人物を研究しており、地元紙に時宗の開祖一遍上人を週ごとに連載していた。一遍が生まれたのは、伊予道後の宝厳寺であるが、伊佐岡は宝厳寺の檀家総代のひとりでもある。それで自然と力がはいるのであろう。難しい仏教用語もわかりやすく表現していて読みやすく、なかなか熱の入った読み物になっていた。名前ぐらいしか知らなかったこの郷土の高僧について、野瀬も勉強するつもりで連載を読んでいた。ひと月ほど前には、一遍が悟りを開いたとされる場所が写真入りで紹介されていた。そこは、四国山地へわけいる遍路みちの近くで、窪寺というところである。行ってみたくなり案内をこうと、伊佐岡は二つ返事でひきうけてくれた。

野瀬は出世街道をのぼりつめ、伊佐岡は途中下車して大学教員になった。道はちがったが、昔から気が合う仲良しである。損得なしのつきあいをはじめて、すでに二十年をこえる畏友でもある。

　手のひらにのせていた甘夏の実をそっと枝にもどし、

「今年は異常じゃなあ。空気もからからだ」

　と、伊佐岡は庭の花木をみわたした。軒先にとどくまで大きくなったサルスベリが赤い花を咲かせている。

「温暖化いうても、ここまでになると、もう人災だ」

「そりゃそうじゃ。お天道様にはなんの責任もありゃせん」

　と伊佐岡も空をあおいだ。まだ朝方だというのに、雲ひとつない大空に太陽が燃えさかっている。

　門柱のよこで千代子が手をふった。プリウスが四国山地のほうへ走りだした。市街地を進みながら、柑橘類の話をしていた伊佐岡が話題をかえた。

「ゴルフも来んし、会食にもさっぱり顔をださん。野瀬さんはどっか悪いんじゃないかと、口うるさい連中がうわさしよります」

　と頭取をひいてからの動静を気にする。

　それはときわ会のことだろう、と野瀬はすぐに察した。ときわ会というのは、銀行と顧客が会員になっている親交会である。県内外に十の支部があり、会員数は三千名をこえている。いろいろな行事があるが、銀行のＩＲ活動のあと、支部ごとに頭取以下の役員がみんな出そろう懇親会がもっとも大事な催しなのだが、ここにも野瀬は出席をひかえることにしていた。

「気にかけて下さるのはありがたいが」

と応えて、ちょっと間をおいた。

赤信号がせまり、クルマはスピードを落とした。

「たいがいは面白がっているだけやから。がんにでもされたらかなわんから修平さん、ときわ会のみんなに会うときがあったら、野瀬はまだ死にそうにない。ピンピンしとる、と伝えてくれんかな」

「了解、でも、がっかりする者もいるでしょうな」

伊佐岡はうけおい、ふたりは顔をみあわせ苦笑した。

信号でとまっていたクルマが動きだした。スピードをあげながら、伊佐岡はちらっと助手席へ目をはしらせる。

「そやけど会長、このところだいぶ痩せましたな、頭取のころからより、ひと回り細くなっています」

野瀬は窓の上のアシストグリップへ手をやった。

「からだは軽くなったなあ。おかげで犬の散歩も楽になった。銀行の仕事も大事なことはたいがい頭取にまかせて身軽になった。そのぶん、世界が広がったな。本もじっくり読めるようになった。毎日が新鮮だ」

「へえ、そんなもんですかな、一線を引くと寂しくなるはずだが…」

「そんなことはない。子どもに返った気分で、何をみてもワクワクする。裸になるのはええ」

「ふうん、裸か……」

市街地をぬけて右折すると、左右に田園がひろがった。野球場はすぐ近くである。伊佐岡はハンドルをにぎりながら、行員のころをふりかえるようにいった。

「野瀬英一郎は銀行を建てなおす、大仕事をした。その裸いうのは、やりとげたということでしょう」

金融危機の最中、名のある銀行や証券会社までもつぎつぎと倒産においこまれていたが、たくさんの顧客から、「野瀬さんがおいでるからやってくれる」と期待され、それに見事に応えた。

「頭取は公人だからなあ、何かと拘束が多く管理と経営と会食で毎日があけくれる。経営が厳しいときだったから、個人的にはやりたいこともあったができなかった。それだけは悔いがのこる」

　野瀬は視界にはいってきた野球場へ目をうつしながら、口惜しそうにいった。ふだん、四国独立リーグのマンダリンパイレーツが練習で使っているが、お盆休みで選手はみんな帰省している。サブグラウンドでは、ユニフォーム姿の少年たちが練習をしていた。野球場のほうは試合をやっているようだ。管理棟のほうへゆっくりクルマをまわしながら、伊佐岡が話をつづけた。

「やりたかったことって、何かありましたかな?」

「それは修平さん――」

　あらたまると、一呼吸おいていった。

「釈迦に説法やけど、金やモノは、残りはせん。残るのは心と文化や。あんたが一遍さんを研究しているように、心は時代をこえて伝わるじゃないか。ここだけの話だが、私は青年塾か学校をつくって、人を育てたかった」

「人を育てる、教育ですか」

「うん、大学に迎えられた修平さんが、うらやましいね」

「それは話半分にしても、今があるのは会長のおかげです」

伊佐岡はさりげなく感謝の気持ちをつたえた。大学の理事長にかれを推薦したのは野瀬だった。

広い芝庭のあるドッグハウスが目の前にせまっていた。でむかえた行員ＯＢの管理人がひどく緊張した面持ちで駐車場のそばに立っていた。

クルマから外へでて、野瀬はまっすぐ犬のほうへ向かった。アオダモの木陰に寝そべっていた茶色と白の二匹が尾をふりながら、フェンスまでやってきた。野瀬はしゃがむと隙間から手をのばし、犬の頭を交互になでながら、「夏バテせんように、しっかり食べろよ」と子どもをさとすようにいう。会長の横にかがみこんだ管理人が伝えた。

「人をこわがらんようになりました。初めは散歩につれてでても、くるくる回るだけで、前へ行こうとしなかったのに、いまは大喜びで、どんどん先に行きます。ひきとった甲斐がありました。野球場のマスコットですよ」

「うん、そうか。すっかり元気になっとる」

野瀬は明るく応え、お世話になります、と管理人をいたわった。

銀行が県と動物愛護推進協定を結んだころのことである。野瀬が早朝、愛犬とあるいている道沿いに気になる飼い犬がいた。家の外壁の下にプラスチックの小さな犬舎が置かれ、その横につながれた二匹の成犬は、大きくなったため子犬用の犬舎にはいれなくなっている。リードをつけたままで、いつみても犬ばしりの上にいた。犬舎をのぞいてみると、どちらも糞が山のようになっていて、近づくと糞尿の悪臭が鼻をついた。散歩もさせていないようだ。首輪がくいこみ息苦しそうで、おどおどしている。前を通ると何かを訴えるような目をして立ち上がるが、すぐにうずくまってしまう。

野瀬はふるさと振興部の部長をよび、事情を聴くように命じた。

翌日、部長が頭取室にきていきさつを話した。三世代が暮らしていた家で、子どもが子犬を二匹もらってきた。ところが一年もたたないうちに父親が転勤になり、老夫婦と犬二匹を残して家族は大阪へ行ってしまった。しばらくは散歩もさせていたが、自分たちの身の回りのことが手いっぱいで、世話ができなくなった。保健所へひきとってもらうのは酷なので、困っている、とのことである。野瀬は即断し、野球場の空地で飼うことにした。

ところが次の日、ゆずりうけに行った部長が手ぶらで帰ってきた。

「孫が里帰りしたとき、犬がいないと困る、と断られました」

「それはそうだ。で、一年間、二匹の犬のドッグフード代はいくらぐらいだ?」

「二万円もあれば十分でしょう」

「そうか、お孫さんが里帰りしたら、ご家族のみなさんを野球場のドッグハウスへ案内する、と伝えてくれ」

野瀬はそのようにいうと、ポケットマネーから十万円をだし、折り紙に包んで飼い主に渡すよう、部長に指示した。

そんなことから、野球場の番犬として飼うことにした犬である。

啓発活動もしようと、動物保護センターから殺処分前の子犬を二匹ひきとった。オフィスビルがたちならぶ銀行本店の駐車場に犬舎をつくって育てている。さらに退職した獣医師に嘱託で来てもらった。ゆくゆくはひきとる子犬の数をふやしてドッグハウスで育てながら、一般市民へ譲渡していくつもりであるが、これはまだ先になりそうだった。

球場のほうから、ときおり喚声があがっている。

気にかけながらクルマへもどっていると、宇和島地区で優勝した中学校のチームが、松山の学校と試合中であることがわかった。管理人がいうには、宇和島の中学校は野瀬の出身校だった。それで伊佐岡が観ていきましょうか、と気を利かした。

三塁側のファウルグラウンドの外周とサブグラウンドの間に桜の並木がある。日陰に管理人が用意してくれたイスにすわり、ふたりは試合を観戦した。容赦のない日差しがグラウンドに注いでいる。選手がはしると砂埃がまいあがった。同点のままの熱戦である。

「こんな炎天下で、よくやるなあ」

伊佐岡はメガネをはずし、ふきでる汗をタオルでぬぐった。

「みんな夢中だから、暑くはないんだな」

「そういえば会長も野球少年でしたね。厳しい練習から逃げだしたくて病気になればいいと思っていた、と社内報に書かれていたのを読みましたワ」

「そんなこと書いたなあ。中学から野球をはじめたが、休むと親父から殴られる。監督も親父もそりゃあ怖かった。戦争に負けて十年、みんな一所懸命だ。監督は休日になると自宅に選手を呼んで、ジャコテンとお新香だけの昼飯やったが、みんなと一緒に食べながら、いつも伊達宗城のことを話してくれた」

と野瀬は野球の恩師のことにふれた。

伊達宗城は小藩の宇和島に高野長英を招き、大村益次郎を召し抱えて近代化をすすめた英明な藩主で、幕末四賢侯のひとりとして名をのこしている。宇和島では知らない人はいない。

「宗城ですか、宇和島人には西郷さんみたいな人物だ」

「宗城の話になると、それは熱っぽかった。宗城の改革に学んで新しい国をつくれ。にない手はお前たちだ、という監督の思いをいつも感じていたな。気分はおおらか、こころは熱い、そんな人だった」

「宗城の近代化に学び、野瀬英一郎は銀行を刷新したわけだ」

「おこがましいから、私からはなんともいえん」

野瀬は話を切ると、なつかしそうなまなざしになって球場の選手たちをみつめた。かれは松山にある大学へ進学し、二年のときまで野球をつづけ、神宮大会にも遊撃手で出場している。ところがその年、四万十川で砂利を採取する会社が破産し、父親は多額の負債をかかえてしまった。仕送りがなくなり、野瀬は働きながら大学を卒業している。

レフトに大きなフライがあがり、三塁ランナーがタッチアップをした。ホームベースへ頭から猛然とすべりこむ。キャッチャーが返球を捕球し、ランナーにタッチをした。まわりに砂煙がたち、どっと喚声があがった。一瞬の静寂をさいて、審判は両手を水平にひらいた。

「宇和島、一点とりましたね」

「タッチをかわして、よくやった！」

ふたりは立ち上がり、拍手を送っていた。

風になってふきぬける

これをしおどきに、窪寺遺跡へむかうことになった。

一九七五年は、時宗が成立して七百年の年である。一遍が悟りを開いたとされている成道地の探索をつづけていた地元の研究者たちが、遍路みちがぬける久谷村の入口の丹波というところに、「窪寺一遍上人修行地記念碑」を建立した。それから七年後の一九八二年、一遍生誕七百五十年没後七百年を記念して、丹波から急な山道をのぼった北谷という奥地に、「一遍上人窪寺遺跡碑」を新たに建てた。そしてその横に、かやぶきに板張りの閑室で修行中の一遍が、旅の僧侶と対話をしている様子を銅板レリーフにして、「窪寺閑室跡」という案内文を掲示した。この結果、窪寺遺跡は丹波と北谷の二か所になった。地元の研究者や郷土史家は今日、北谷のほうを成道地としている。しかし時宗本山の教学研究所は、残念なことに窪寺遺跡そのものを一遍の成道地として認めていないのだった。

そもそも窪寺遺跡を特定する根拠となったのは、一遍の生涯を編述した国宝の絵巻物『一遍聖絵』である。捨聖、あるいは遊行上人とよばれる一遍は十六年間、南は鹿児島から北は岩手県の北上にいたるまで、念仏札をくばる旅に明け暮れ、一二八九年に兵庫の海のそばの観音堂で入滅した。没後、門弟の聖戒は絵師をつれて、一遍の苦難の旅の足跡をつぶさにたどり、行状や訓えを絹本に書き残し絵に描いた。この絵巻物は十二巻あり、全長が百三十五メートルという長大なものである。自然の風景や庶民の暮らしを忠実に描いていて、中世の歴史資料としてきわめて価値が高い。またいっぽうで、信じる心さえも捨てきった人間一遍の迫力が、人間とは何か、人の一生はどうあるべきか、と問いかけてくるのも「聖絵」の魅力になっている。

一二七一年、三十三歳のとき、信濃の善光寺に詣でて念仏に生きることを決意した一遍は、伊予に帰ると窪寺の閑室で、念仏三昧（ざんまい）の修行をはじめる。「聖絵」には、閑室のある窪寺の風景とことばがきがある。

丹波のバス停の先で、ふたりはクルマからおりた。わずかばかりある田畑のすぐ背後はおいしげる樹木でうっそうとしていて、樹林はそのまま山のほうへあがっている。あるき遍路がゆきかう道の下は渓谷で、石清水が飛沫をたてて流れていた。

伊佐岡は、バス停の上の棚田のあぜみちへ野瀬を案内した。

すぐ横に、苔や黴で汚れ、字が読みづらくなった記念碑が立っていた。

「このあたりが、窪寺閑室跡だと推定されていました」

伊佐岡はカラーコピーしたものを一枚、野瀬へさしだした。

周囲の実際の景観と、「聖絵」の場面を見くらべていたが、

「似ているが、ここは広すぎる気がする。それに明るい」

と、野瀬は山高帽をかぶりなおした。

太陽は中空で輝いていた。周囲には緑が多く、ふきぬける風が暑さをやわらげてくれる。

避暑地にはよいだろうが、空が広く、「聖絵」がかもしだす深山幽谷の雰囲気はない。

「記念碑の建立後は下の道が広くなり、農地改善事業でこのあたりの棚田が整理されたから、景色がすっかり変わってしまった。あぜみちのあちこちに残とった五輪塔も撤去されたから、景観は鎌倉から平成の現代にタイムスリップしたということです」

「五輪塔までとっぱらってしまったのか」

「惜しいことですが、さいわいずっと上の北谷に、聖絵とそっくりな場所がみつかりました。そこが本当の成道地です」

「そうか、じゃあそっちのほうへ行こうか」

うながされて、伊佐岡は腕時計をみた。正午を少し過ぎている。

「どうですかなあ、バス停の前の遍路茶屋でお昼にしては」

「行くのは一遍さんの聖地だからなあ、見学したあと、ゆっくり弁当を広げるほうが落ち着く、そうしよう」

　持参したおむすびを茶屋で食べることは憚れた。

遍路みちからわかれ、つづら折りの山道をのぼった。峠をひとつこえると農家はすがたを消した。棚田もなくなり、野原もせまくなった。いよいよ山中にはいる、という手前でプリウスは停まった。前方には細い一本の林道が暗い杉林の奥へとのびていた。クルマの右横は小さな谷である。そして、すぐ左のわずかばかりの平地に、人の高さほどの石碑が立っていた。長方形の銅板がはめこまれている。傍らには案内板もある。

「ここは地形も、まわりの様子も、いかにもって感じですワ」

と伊佐岡はいう。野瀬は「聖絵」と実際の景色をくらべてみた。丹波とちがい、北谷は林の暗いかげりが地霊のように周囲をおおっている。

クルマから外へでるとひんやりとした。山の霊気をふるわせてヒグラシが啼いている。市街地からはずいぶん上がっているようだった。

野瀬は石碑へ近寄り、レリーフに目をこらした。「聖絵」の場面が忠実に再現されていた。案内板には、「聖絵」に書かれている「窪寺閑室」のことばがきが現代語で記されていた。

〈文永八年秋、予州窪寺というところに、青苔緑蘿の幽地をうちはらい、松門柴戸の閑室をかまへ、東壁に二河の本尊をかけ、交衆をとゞめて、ひとり経行し、万事をなげすてゝ、もっぱら称名す……。〉

このあたりは江戸時代まで山伏の修行地でした、と伊佐岡は手つかずの荒地へ目をやった。それから案内板に書かれていることを補足した。

「松の門や柴の戸は描かれていないし、閑室にしては部屋が大き過ぎる。ほかにも、ことばがきと合致しない箇所がいくつかあるので、窪寺閑室跡の「聖絵」の場面は、絵師の想像です」

「それでも、ここは、何か伝わってくるものがある」

「およそ三年、一遍はこの地にこもり、念仏を称えればかならず往生する。極楽もこの世も同じ世界、という悟りをひらくわけです」

「それはつまり、この世は浄土ということか。みたこともない極楽を説いてもしょうがない」

「一遍の訓えはとても現実的です。海も山も空も、鳥も獣も草花も、みんなあるがままで成仏している、仏そのものだというのです。人間だけですよ、煩悩にとらわれて迷いの世界にいる」

　伊佐岡は熱っぽくなった。野瀬はうんうんと合点し、石碑からはなれて林道へもどった。

「少しあるいてみよう」

と北のほうの峠へつづく小道を目で示した。「聖絵」にも閑室の左手前の田畑と竹林の間に細い道が描かれている。

　一遍は幼名を松寿丸といい、伊予の豪族河野家の河野通広（みちひろ）の子として、宝厳寺にあった十二の塔頭（たっちゅう）の一坊で生まれている。十歳のときに母と死別して出家し、随縁と名のった。十三の歳に九州大宰府の聖達上人のもとに弟子入りして智真（ちしん）と名を改め、十二年間浄土教を学んだ。父通広の死にともない伊予に帰り河野家をついだ。八年後に再び出家し、予州窪寺で修行をはじめた。一遍と号するようになったのは、念仏札を配る遊行の旅の途中に参籠(さんろう)した熊野本宮で、神託をうけてからである。なお祖父の通信(みちのぶ)は源平の戦いのときに、源氏の味方をした水軍の頭領であった。河野一族は承久の乱で後鳥羽上皇の側について、鎌倉幕府に反旗をひるがえした。このために没落し、一遍が生まれたころの所領は、予州道後とその近辺にかぎられていた。窪寺に閑室をかまえた一遍は、支配地の予州の拝志（松山市の東隣の東温市）に住む一族から、糧食などの支援をうけていたと考えられる。

　このようなことを話しながら、伊佐岡は峠へつづく小道を野瀬とあるいた。やきつくような日差しがあるものの、峠をわたる風はすずしく、にじむ汗をかわかしてくれる。一遍はこの道を夏も冬も跣(はだし)で歩いたのだと思うと、野瀬はせめて峠の上まで行ってみたかったが、伊佐岡にとめられて引き返した。

　クルマにもどり、丹波へ下る途中で、一遍研究会が地元の協力でつくった念仏堂にたち寄った。念仏堂といっても、板壁が一面だけある茶堂で、ふだんは村人のいこいの場所である。お盆前の昼中なのでだれもいない。稲穂をゆらすふもとからの風が堂内をふきぬけてゆく。ふたりは中にはいり、板床にシートを敷いて弁当をひろげた。

「一遍さんが、風になってふきぬけていきますよ」

峰からたちあがる白い雲をながめなら、伊佐岡がうまいことをいう。

おむすびを味わいびわ茶をのみほすと、野瀬がつぶやいた。

「一遍は、ちっとも宗教くさくないなあ。旅する哲学者とでもいうのか、生きる意味をさがしあるいた人だ」

「たくさんの歌で説き、語っていますよ。一遍上人語録にまとめられてますが、詩情豊かな歌をよめばよむほど、一遍さんは詩人だったのだと思います」

と伊佐岡はひどくまじめに応えた。みつめる白雲がぐんぐん高くなっていく。

野瀬はのんびりした口調で、雲へ問いかけた。

「人間の本当のすがたって、なんだろなあ？」

少し間をおくと、伊佐岡はいった。

「自然のいのちそのもの、阿弥陀仏ですよ。死がせまると一遍さんはいっさいを焼きつくして、自然のいのちにかえったわけです」

「焼きつくし、自然にかえる……」

「からだは獣にほどこすべし、とまでいってますから」

伊佐岡は言葉をのみ、それからおもおもしくいった。

「じつは今日、八月十日はすべてを焼いた日なのです」

聴き入っていた野瀬はだれにともなく、

「聖絵と上人語録をとりよせ、じっくり読んでみるか」

とつぶやき、まなざしを白雲へもどした。

宝厳寺炎上

ちょうど、このころであった。

道後の宝厳寺で、庫裡のチャイムがあわただしくなった。

午前中、本堂で法事があったので、ふだんより遅い昼食をすませたあと、住職の長岡隆祥は居間で休んでいた。食堂にいた梵妻の佳子は、チャイムの直後、玄関の戸が乱暴に引かれる音をきいた。「こんにちは、もしもし、だれかいませんか！」と男がどなっている。

小走りに玄関へゆくと、観光客らしい年配の男二人が、「本堂から煙が！」と顔をひきつらせた。

「けむり、煙ですか？」

サンダルをひっかけ、表へとびでた。みると、本堂の向拝の垂木の先から、灰色のうすい煙がとぎれなくのぼっていた。引きかえし、居間へかけこんだ。なにごとかと、住職が立ち上がった。

「本堂から煙が！」

「なんだと、よし、行ってみる。すぐ消防へ電話せぇ」

手にしていたバスタオルをなげすて、庫裡と本堂をつなぐ棟つづきの廊下を走った。が、すぐに入口でたちどまった。なかはもうもうとたちこめる煙でなにもみえない。木が焦げるにおいが鼻をつく。茫然と立ちつくしていると、たちまち廊下へ吹きでてくる煤煙につつまれた。かけつけた佳子が住職の腕にしがみついて狼狽し、「どうしよう、どうしよう、大変！」と声をのむばかりである。

本尊の阿弥陀仏像をたすけよう、という思いが住職に走ったが、須弥壇までとても行けそうにない。佳子がふるえる声で、「和尚さん、一遍さんをおたすけしないと！」と叫び、黒い煙が充満する堂内へ足をふみいれた。一遍上人立像は中央の須弥壇からはなれて、壁際におかれた厨子のなかに安置されている。そこまでなら手探りでも近づける。住職は妻をおしのけ、煙のなかを壁伝いに二歩三歩とすすんだ。お像まであと一歩、と思われたその瞬間、火柱がめろめろとたちのぼり、火炎をふきながら天井がばらばらとはがれ落ちた。

屋根裏の炎はみるみるひろがっていく。住職の背後で妻が泣き叫んでいた。

「伏せろ、伏せろ、死んでしまうぞ」

住職は床にはいつくばり、亀のようにはって堂内をぬけだした。廊下もすでに黒煙におおわれ、熱風がふたりをおそってきた。庫裡へ避難したものの、部屋中に煙がただよい、食堂の明かりもテレビの画面も消えていた。煤煙がどんどんはいってくる。

「ほっとけ、ここも危ない、逃げよう」

おろおろと持ちだすものを探している妻を叱り、住職は居間の手提げ金庫をわしづかみすると、上は作務衣一枚に草履をひっかけ、境内へかけでた。あとにつづいた佳子は、右手に携帯をにぎりしめていた。

本堂の軒先と連子窓から火が怒ったようにふきだしていた。火事を知らせるサイレンが、道後の町にけたたましくなりわたっている。なすすべもなく呆然とたちつくしていると、上人坂とよばれる参道をあがってきた何台もの消防車が、山門横の広場へつぎつぎにのりこんできた。境内にいた住職夫妻と観光客は退避を命じられ、墓地のある裏山へ避難した。ふりかえると、母屋の伽藍がドスン、ドスンとくずれおち、境内の大イチョウの青葉が、ちりちり火をはなっていた。庫裡からは、バーン、バーンとグランドピアノが焼ける音があがった。

木造の本堂と平屋の庫裡を焼きつくした火が消えて、境内に静寂がもどってきたのは夕刻である。被災をまぬがれた山門のかたわらで、ぽっかり広くなった境内の夕空をながめ、住職はこらえきれず喉をふるわせて泣きくれた。佳子は血の気の失せた蒼い顔で、焼け焦げた本堂の柱をみつめていた。着のみ着のままで焼け出された夫妻に、檀家総代がホテルの和室を用意してくれていた。翌日から十日ほどかけて、住職は卒塔婆を書いていた檀家を一軒一軒訪ねてまわり、寺を全焼させてしまったことを詫びた。それから間もなく、夫妻は近くのアパートに仮住まいをすることになった。

この日、地元のテレビは、宝厳寺炎上のニュースを速報している。午後七時のＮＨＫの全国ニュースも燃える宝厳寺の映像をながし、重要文化財の一遍上人立像が焼失したことを伝えた。

作家の仏頂面

お盆が明けて猛暑がやわらぎ、朝夕はいくぶん涼しくなった。散歩をする小道に咲く山萩の小さな花弁が、日に日にその数をふやしている。秋を感じて、野瀬はにわかに創業百周年のことが気になりはじめていた。

会長にしりぞいた昨年七月、百周年のことはいっさい自分にまかせてくれ、と頭取につたえ、企画広報部長を責任者とする百周年行事実行委員会をたちあげていた。またこれとは別に、記念誌編さん室をつくった。「読みたくなる記念誌」にするために執筆を依頼したのは、人物評伝や戦記、それに小説などを書いている松沢文治という地元の高校の教員だった。すでに十数冊の単著をもっていたが、増刷になったのは戦記のみで、他は初版だけである。大学の先輩だから、ということなのか、野瀬は近著を数冊いただいていた。ひととおり読み、筆力はあるものの作品に華や色香がなく、これでは売れない、と腑におちるものがあった。ただ取材力は非凡である。この男なら、記念誌といえども無味乾燥としたものにはならないだろう、と野瀬は判断したのだった。

おりよく昨年三月、松沢は定年で教員を退職していた。執筆監修と周年行事への参画ということで人事部長から交渉してもらった。嘱託参与をひきうけた松沢は編さん室専属のスタッフが欲しい、と要望してきた。さっそく行内で希望者を募るいっぽうで、若手男性二名、それと支店長の職歴があり、本店監査部にいた再雇用の行員の計三名を編纂室に配属した。応募してきたのはふるさと振興部の女性一名だけだった。有村由美子といい、年は四十に近いが独身である。編さん室では秘書的な仕事もあるので、もう少し若い行員にチャンスを与えたい、と人事部長は気を利かした。しかし野瀬は有村の愛読書が、坂村真民の詩集だと知り、まようことなく彼女の希望にこたえることにした。坂村真民は、「念ずれば花ひらく」の詩で、全国的に名が知れるようになった地元愛媛の仏教詩人である。二〇〇六年十二月に九十七歳の長寿で死去したが、全国から一千名をゆうにこえる真民詩の愛好者からの寄付もあつまり、東日本大震災の翌年の二〇一二年三月に、「坂村真民記念館」が開設されている。開館の式典には野瀬も参列した。詩集を所蔵するほどではないが、かれも真民ファンのひとりである。

初対面の日、会長は松沢に意向を話した。

「うだつのような記念誌をつくるつもりはない。学者の書く学術論文みたいな社史はのぞんでおらん。実証も分析も考察も必要だが、ペダンチックなものは困る。だれも読みはせん。かといって自画自賛などもいっさい不要、当行百年の歴史から将来への教訓がえられたら、と願っている。それだけだ」

松沢はさぐるような目を会長へむけ、

「将来への教訓ですか」

と、ぼそっとつぶやいた。

「ビハール号事件と戦争裁判のことを書いた、あなたの本、読みましたよ。戦争と人間への深い考察があって、おもしろかった。私がいうまでもないが、戦争から学んだ教訓をいかさなければならない。記念誌もそうです。飾りものにするつもりはありません」

と野瀬は松沢の著書をひきあいにして、記念誌制作の意図をはっきりさせた。ビハール号事件というのは、先の戦争の末期、重巡洋艦「利根」が、イギリスの貨客船「ビハール号」をインド洋で撃沈し、救助した捕虜のなかで、ジャカルタの収容所が受け取りを拒否した六十余名の捕虜を殺害し、ジャワ海へ投棄した海軍の戦犯事件である。戦後、「利根」の艦長と、作戦艦隊の司令官が香港の軍事法廷に召喚され、司令官が一身に責任を負い、絞首刑となった。

松沢は自著を会長が読んだことに感謝を伝えた。

それから言葉をさがすように、会長の背後の書棚に目をやった。

「創業百周年は、二〇一五年ということですが、何月ですか」

「うん、そのことなのだが」

野瀬は応接ソファから立ち上がり、書棚から本を一冊ぬきだして松沢の前においた。「ときわ銀行創立五十年誌」と表紙にある。

松沢を前にして、つぎのようにいった。

一九四三年（昭和十八）三月、政府の指導のもと、当行の前身である五つの無尽会社が統合されてときわ無尽となった。ときわ無尽は一九五一年（昭和二十六）に相互銀行、さらに一九八九年（平成元）に普通銀行へと転換し、現在のときわ銀行となった。それで五十年誌は、ときわ無尽創立後五十年間の社史になっている。創業百周年の記念日となれば、ときわ無尽以前の五社の創業年月日をそれぞれ知る必要がある。この五社は、常磐無尽、東予無尽、今治無尽、松山無尽、そして南予無尽という。社名はわかるのだが、創業者はもとより、創業年月日さえも不明だった。行内で手をつくして調べた結果、戦災にあった今治市では登記謄本が焼失し、今治無尽の創業年だけは、公的にたしかめることができなかった。ところがどういうことか、五十年誌では今治無尽の創業年月日だけが明確に大正四年二月十四日となっていた。この大正四年に、無尽業法が施行されて、無尽会社が国の認可のもとで営業をはじめている。この年の九月十六日に東予無尽が設立されているが、このほうは登記謄本があり、創業年月日に疑いはなかった。それで三年後の創業百周年行事を二月にするか、九月にするか、会長は決断をせまられていたのである。

松沢の仕事は、今治無尽の創業年月日を特定することからスタートした。ひと月ほど欲しい、というので待っていると、綿密な報告書をもって会長室へきた。

戦前、無尽講を利用していた今治周辺の海運業者の記録、大正時代の旬刊紙、今治地方の行政調査記録、人物誌、さらに今治市誌など、これらの記述によれば今治無尽の設立は、すべて大正五年二月になっていた。さらに信頼できるものを探していると、地方紙に今治無尽の登記広告がみつかった。これは今治区裁判所に提出された公的なものであり、設立は大正五年二月十日だった。一年ほどずれていたのである。

ひととおり報告をすますと、松沢は会長のデスクの上に、「あわび屋」と表示された紙袋をさしだした。

「おみやげです。よろしければ召しあがって下さい」

野瀬は袋を開け、なかをのぞいた。

「餅じゃないか、それも紅白、そうか、お祝いか」

「そうです。記念日が確定しましたから」

「うん、たしかにめでたいことだ。ご苦労さん」

松沢は角刈りの童顔に笑みをうかべ、楽しそうに話した。

大正時代の今治の市街地を描いた古地図の隅に、小さく今治無尽の表記をみつけた。通りの筋向いには餅屋がある。地図をたよりに探してみると、あわび屋という看板をかかげた餅屋が今もあった。店主に訊くと、江戸時代からつづく老舗だとわかった。お願いして店舗日誌をみせてもらった。大正五年二月、向かい筋の通りに小商いの無尽会社ができた、と書いてあったのである。

「それはもう感激して、餅を三十個も買いましたよ」

「三十、そんなにたくさん、どうした？　それ」

「編さん室のみんなで、わけました」

「じゃあ、これはおこぼれだ」

「いえ、お福分けです。一番喜ばれるのは会長ですから」

「なるほど、その通りだ」

野瀬はうなずきながら、行員のような要領のよさはないがその分、渋い深みがある、と松沢のことを思った。面白い男である。野瀬はこの物書きを、「文さん」と呼ぶようになった。

それからほぼ一年がたっている。いちいち報告をうけていないが、記念誌の執筆は順調にすすんでいるようであった。

お盆が明けた週の月曜日、迎えの会長車で出勤した野瀬は、書類に目をとおし、来客にあった。昼は秘書が行員食堂からはこんできたざるそばを一枚腹におさめた。以前はいなり寿司もたべていたが、減量をはじめてからは、ざるそばだけである。

午後、二年先になった周年行事の大まかな構想案を企画広報部長がもってきた。基本コンセプトは、「お客様とともに」である。ふるさと銀行として、地域の産業と文化の振興、次世代の育成、環境保全と動物愛護活動、そして社会貢献の推進という目標をかかげ、記念事業を実施する。ステークホルダーを対象とした式典、講演会、祝賀会、記念品頒布などの詳細も、これから具体化していきたい、とのことである。

かわりばえしないが、周年行事はいわば通過儀礼のようなものである。物入りではあるがしゅくしゅくと実施すればよい、と野瀬は思っている。事業の目玉は、なによりも記念誌と社歌の制作だった。

社歌は、すでに三年も前から、芥川賞作家で作詞作曲もてがけている新川満明へ三顧の礼をつくして依頼していた。その後、東日本大震災の復興支援活動で作家はいそがしくなり、制作はさきのばしになっていた。銀行としては、おそくても百周年の二年前、つまり今年の夏までには社歌を制作し、秋の九月十三日の金曜日に新川をまねいてお披露目の催しをして、つぎの週からは全行員がいつも朝礼で歌い、本店行内と全支店にBGMで流すことにしていた。このことはすでに企画広報部長から役員会へあげて、承諾をえている。

それでこの春、野瀬は、「制作費に糸目をつけるつもりはない。期日を最優先に交渉しろ」と部長に厳命した。

部長は再度上京し、制作を早めてもらいたいと懇願した。すると七月の下旬、できあがったばかりの社歌、「ふるさとともに」のCDと楽譜を手に新川は松山へやってきた。

CDは本人自身の歌唱と朗読バージョンがそれぞれ一枚、カラオケ用は伴奏が二種類、チェンバロ、ピアノ、オーケストラのインストールメンタルもそれぞれ一枚、さらに男声合唱バージョンが一枚、くわえてチャイム用が二種類の二枚、合計で十枚という、多用途を想定した念のいったものである。

役員と周年行事にたずさわる行員が研修所へあつまってすべてのCDに、じっくり耳をかたむけた。詩も曲もこれ以上望むべくもないほど完璧である。野瀬は詩と曲想に使命とロマンを感じ胸が熱くなった。そしてなによりも品位がある。さっそく宴席を設けて、会長と頭取、さらに重役たちが作品を絶賛し、労をねぎらい、謝意をつたえた。ところがこの高名な作家は宴席があまり好きではないらしく、酌をしても終始仏頂面で、座はいっこうになごまなかった。そのうちに酔いも手伝い、重役のひとりが、これで百周年講演の講師も決まりました、とお追従を口にした。新川は手入れのゆきとどいたひげ面をあげ、「話すだけでなく、歌も何曲かうたいますよ」と宣言するかのようにいい、粋なカラーレンズのメガネで居並ぶ重役たちをみわたした。講演も新川先生にお願いしよう、という空気がこのときにうまれた。新川が翻訳し作曲した歌が全国で大ヒットしたこともあって、愛媛では評価も高く人気もあった。講師として願ってもない人物である。野瀬も賛成だった。ただひとつ、宴席での仏頂面だけが気がかりだった。何が気に入らなかったのか。

野瀬はこのことで、伊佐岡へ電話をいれたいきさつがある。それは二人が窪寺の成道地へでかけたお盆前の土曜日、宝厳寺が焼失した日に先立つ、数日前のことだった。

事情を耳にすると、電話のむこうで伊佐岡はおかしそうにいった。

「それは会長、新川さんとしては、上出来ですな」

「上出来？　どういうことだ」

「言葉は悪いですがね、海千山千のおかたい人士にかこまれて、新川さん、おひらきまで、じっと我慢されていたってことです」

「そうか、我慢か。たしかにご機嫌ではなかった」

「本やエッセイのこと、話題にされたら新川さん、喜ばれて話もはずんだはずです」

と伊佐岡はひどく残念がった。

野瀬をはじめ、宴席の者はだれも新川の著作を読んではなかった。いわれてみれば、少し礼を欠くことではある。

野瀬はあらためて会長室の書棚へ目をやった。文学や芸術の書籍は一冊もない。金融と経営、それに思想家として政財界のリーダーに大きな影響を与えた安岡正篤の易学の本と全集がおさまっている。大学時代まではそれなりに文学にも親しんだつもりだが、就職してからは日々の暮らしにまったくなじまなくなった。いま、自宅にある文学書といえば、松沢のノンフィクション数冊と、坂村真民が自費出版した初期の詩集だけで、これは記念館開館のおりにいただいたものである。その詩集のことがふと頭をよぎり、

「真民さんのこと、新川先生は知っていたかなあ」

と自省をこめてふりかえった。

「それは当然知っていますでしょ。新川さんは詩人でもあるし、仏教への理解も深い。般若心経をひもといた本も書いています。小説も作曲も一流やから、記念講演にもっともふさわしい人物ですよ」

伊佐岡は、新川をしっかりもちあげた。

「こんど、社歌のお披露目におまねきする。しかしあの仏頂面はこまる。笑顔をみたいが修平さん、なにかいいアイデアはないか」

「社歌のお披露目で、コーラス部は合唱しますか」

「うん、練習をしているようだ」

「コーラス部から何人かばってきして、お披露目の前に座談会をされたらどうでしょう。元気で若い女性行員が出席すれば、新川さん、きっといい笑顔になりますよ」

と、伊佐岡は自信ありげに、座談会の提案をしたのだった。

このようないきさつがあって、野瀬は座談会の意図を部長にうちあけ、すでに人選を命じていた。

この日、部長がもってきた周年行事の構想案を野瀬はすんなり了承した。ほっとした表情をうかべ、部長はあらたまって尋ねた。

「あのう、記念講演、新川先生で本決まりでしょうか」

「そのつもりだが、気持ちよく受けていただきたい。有名人だから話してもらう、という田舎根性などこちらにみじんもない。正式にお願いするにしてもひとつ条件がある。九月の社歌のお披露目会では気持ちのいい笑顔がみたい。それだけだ」

「すると会長、座談会で新川先生がにっこりされるかどうか、正念場ですね」

部長は緊張した面持ちになった。

「気負うことはない。自然体でいい。それで決まったかね」

会長は出席者の名簿をさいそくした。

われものでも置くかのように差し出された名簿に、野瀬はじっくり目をおとした。役員からの出席は会長ひとりだけで、あとは二十代の女性が五名、それに有村由美子の名前がある。

「有村は、コーラス部なのか」

野瀬は顔をあげた。美人だが年は一回りも上である。

「ちがいますが、進行役が必要です」

「彼女につとまるかな」

「新川先生の本はほとんど読んでいるそうです。それに出身大学が同じですから、共通する話題もあると思います」

「そうか、大役だが、やってもらうか」

「先生は昼前にこられて、午後から二時間の座談会。そのあとお披露目の催しに出席され、最終便でおかえりになります」

「順調にいけば、つぎにお会いするのは、二年後の講演になるな。座談会がその道をつけることになる。楽しい会にしてくれ」

野瀬はとがった頬をひきしめ、注文をつけた。

灰をいれた茶壺

それから、九月になった最初の金曜日である。

檀家総代の立場で、伊佐岡が会長室へやってきた。

宝厳寺の火事は奇しくも、ふたりで窪寺の成道地をたずねた日であった。夕方、自宅でニュースを知り、野瀬は伊佐岡の携帯へ電話をしたが、ずっと通話中でつながらなかった。

翌朝すぐ、野瀬は再度電話をして、まさに驚天動地で夕食がのどをとおらなかった心境とお見舞いをつたえた。その日からはなんどか、寺と檀信徒の動きを伊佐岡からの電話で聴いていた。そして昨日、おみせしたいものがあるといってきたので、再建へむけての組織づくりや募金などの相談だろう、と野瀬は察した。ときわ銀行も相応の寄付を検討しているところである。県内の有力企業がどうするのか。伊佐岡からその辺の情報も得られるのではないか、という期待もある。

短大が夏休み中だということもあり、焼け跡に毎日でかけている伊佐岡は、すっかり日焼けしていた。

応接ソファに太った丸い腹をしずめ、

「本堂や庫裡は再建すればよいが、お像はそういうわけにはいかんから、本当に惜しいことでした。とりかえしがつかんことです」

とぼやくのだった。

もちろん伊佐岡だけでなく、悲嘆の声はあちこちであがっていた。日本中世史が専門の地元大学の教授は、「信仰の対象としてだけでなく、研究者や学者にもっともよく知られた木像であって、愛媛を代表する文化財のひとつだった。焼損となればその影響はまことに大きいものがある」とコメントし、また美術館の学芸員は、「一遍像としては国内屈指の名作である。太い眉、するどい眼光、おちこんだ頬、高い鼻筋、不屈の意思を示す口元、とがった頤、そして短い法衣に裸足。これまで数多くの文人が拝観に訪れている。焼けてなくなったとすれば、残念で言葉もない」と記者の取材に応えていた。代々にわたって道後で暮らす人々は、「道後の宝を失った。こころが折れる思いだ」と悔しがった。

「聖絵」をながめ、坂村真民が解き明かしている「上人語録」をすこしずつ読んでいる野瀬にしても、決してひとごとではなかった。伝えてゆくべき大切なものを失った思いがある。

「じつは、これをおみせしたくて、もってきました」

伊佐岡は手さげから和柄の巾着袋をとりだし、テーブルにそっとおいた。袋のなかは茶壺である。かれは説明した。

火事から三日後の十三日に、国からは文化庁の文化財調査官、県と市からは教育委員会の文化財関係職員が焼け跡に入って、上人像がいくらかでも残っていないか調査をした。仏像が安置されていた場所周辺から炭化した木片をひろい、地面をほった。長岡住職と伊佐岡をふくむ四人の総代は、朝の九時から始まった調査の様子を遠巻きにみまもっていた。ちょうつがい、くぎ、木片があったが、仏像のものとは確定できず、作業は昼前に終了した。調査官はあつまった関係者に、「一遍上人立像は、燃えつきてなくなった、と断定せざるをえません」と語り、重文指定解除の手続きをはじめることになる、との見通しをしめした。

木造寄木の上人像は百十四センチ足らず、こどもの背丈ほどである。ひょいと抱えて運びだすこともできる。火がでる前に、だれかがもちだし、隠しもっているのではないか。本堂は焼けてしまったが、お像が無事ならまだ救いはある、とそのようなことを口走る檀信徒もいた。一瞬ではあるが、炎にうかぶ上人像を目にしている住職は、ありえんことだ、ときっぱり否定している。出火の原因は、電灯式灯明の配線からの漏電ということだった。

調査がおわり関係者がたちさると、総代の四人はぬき足さし足で焼け跡へはいった。お像があったとおもわれる場所で手をあわせ、しゃがみこんで白っぽい灰を両手にすくい、紙袋につめた。いま、伊佐岡が持参した茶壺にそのひとすくいがおさまっている。

話を聴き、野瀬は威儀をただし合掌した。

おもてをあげると、伊佐岡がいった。

「お像は室町時代の中ごろ、一四七五年に制作されたものです」

「というと、五百年以上も昔か」

「ええ、五百三十八年も前です」

伊佐岡はこまかな年数を口にした。

「修平さん、あんたが新聞に連載をはじめるまで、一遍のお像が道後にあるってことは知らんかった。修平さんのおかげで一遍を知ったが、お像を拝観したかったなあ」

失われたとなると、その思いは余計につよまっている。

「ご案内したかったから、残念でなりません。でも冷静になって考えれば、形あるものはかならず消えてなくなります。宝厳寺のお像もお役目をはたし、南無阿弥陀仏になりました」

というと、伊佐岡は巾着へまなざしをむけた。

「そのなかのもの、そうか」

「はい、これです」

かれは巾着のひもをとき、茶壺をだして蓋をあけた。中がみえるように少しななめにし、会長のほうへむけた。野瀬は左の手のひらに茶壺をのせ、右手をそえた。

じっと目をそそぎ、それからゆっくりうなずいた。

「なむあみだぶつとなりはてぬ、か……」

「いのちがこもっているように感じます」

「たんなる灰とはちがうな。何かふしぎな気配がある」

茶壺をそっと伊佐岡へ返し、ふりかえった。

「窪寺の念仏堂で休んでいたとき、一遍さんが風になってふきぬける、と修平さんがいったが、ちょうどそのころ寺が焼けていた」

「それはつい、上人語録をもじっただけのことですが、先日、新聞の読者欄に一遍さんは旅立たれた、という投書がありました。炎のなかからぬけでて、平成のこの世で念仏のお札を配る遊行をはじめたのだ、と書いていましたよ。読んでいてちいと、目頭が熱うなりました」

「炎のなかから……。なるほど」

やはり風になったのだ、と野瀬は思ったが口にはしなかった。

「投書は七十代の主婦でしたね。一遍さんの訓えのとおり、いらないものを捨てて旅立ちにそなえたい、とそんなことでした」

「年をとると、思うことはみんな同じだなあ」

野瀬は自分にいいきかせるようにつぶやいた。会長を辞めたあとのことが、ちらりと頭をかすめる。

伊佐岡は茶壺をテーブルへおいた。

「捨てるといえば、会長の減量も、そういうことですかな」

「健康のためだが、いわれてみればそうかもしれんな。そうだ修平さん、あんたもこの際、少しやせたらいい」

野瀬はきりかえし、友人の腹へじろりと目をやった。

伊佐岡は姿勢をただし、茶壺をそっと前へおいた。

「よかったら、どうでしょう」

「そうか、そうだな。しばらく預かっておくか」

あうんの呼吸だった。野瀬は会長室の書棚に一遍像の灰が入った茶壺を保管しておくことにした。この日、再建の話はでなかった。

一遍と坂村真民

社歌お披露目の日は、秋晴れだった。

瘦身にいつものフェルトハットをかぶった新川満明が、会長に案内されて研修所の応接室にあらわれた。行内ニュースを制作する二人の女性行員がビデオカメラを回し始めた。座談会に参加する五人の部員が拍手で歓迎するなか、新川は席へついた。作家の正面に位置取りをした部員たちと進行役の有村も肩をならべ、「千の風になって」の斉唱をはじめると、新川は満面に笑みをうかべて立ち上がった。そして指揮をとり、一緒に歌いだした。これは想定にない出来事だった。野瀬も座ったままというわけにはゆかず、部員の背後に立つと、ほとんど口パクなのだが二番まで歌った。指揮者の口元からは終始微笑がこぼれている。室内は一気に和やかになった。部員たちはそれぞれちがう著書を手に作家のもとへ行き、サインをねだった。かれは上機嫌で応じ、若い娘たちの華やいだ声がとびかった。野瀬は歓迎のあいさつをすると、あとは有村にまかせて退席した。

　有村は部長の指示どおり、社歌にこめた思いと完成までの苦労話、それに作家の代表的な作品などのことを座談のテーマにするつもりでいた。ところが意外なことに、新川は冒頭から宝厳寺の火災のお見舞いを口にした。

　いつも夏は、北海道の駒ケ岳をのぞむ大沼湖の別荘ですごしているが、テレビのニュースで焼け落ちる本堂をみておどろいた。写真でみたことのある一遍上人のお像が目にうかび、胸苦しくなった。これまで松山をおとずれるたびに、お寺へ足を運ぼうと思い、そのうちに、そのうちにとのばしているうちにとうとうかなわなくなってしまった。松山のみなさんもさぞかし心を痛めておられることでしょう。お像をぜひとも一度は拝観したかった。とても残念である。

　このようなことを語り、新川は若い女性たちへたずねた。

「拝観されたかた、いらっしゃいますか」

　みんなはちょっと緊張したおももちでお互いをみつめあい、ありません、とつぎつぎに首を横にふった。すると進行役の有村が、わたしは何度か拝観しました、と座をほぐすかのように応えた。

「何度か、ですか。それは奥深いなあ」

新川は感に堪えない表情になった。

「仏像をみるのが好きなものですから」

有村はひかえめに応え、目を部員たちのほうへむけた。

「仏像はいいなあ。一遍さんのお像、どうでした？」

と、作家はうながした。

それで有村は、つぎのようにいった。

宝厳寺は自宅の近くだったので、休日には散歩がわりにときどき参拝することがあった。とても開放的なお寺で、本堂への出入りも自由だった。その上、お像が安置されている厨子の扉は昼間、いつも開けてあったので、本堂にはいるとだれでも気軽に拝観できた。彼女の場合は、拝観というよりも、会いに行くという感じだった。お像にむかって、一遍さん今日は、お久しぶりです、と話しかけていた。

「一遍さん、今日は、ですか」

「はい、とっても厳しいお顔ですが、なぜか、なつかしいお顔……」

「なつかしい、よい言葉ですね。あなたはお像を前にして、ご自分と向きあっていた……」

「いえ、そんな、今日はって、あいさつだけです」

有村は、あわててかぶりをふった。

「それでも、なつかしいお顔というのは、とっても印象深い表現だなあ。一遍さんの顔がなつかしい……」

新川は足をくみ、あごをあげて宙をみつめた。

「今はもうみかけなくなった日本人の顔でしょうか、それで、ただ単純になつかしい、と感じていました」

「そうですか、それにしても、なつかしいはいいなあ。なつかしい人、場所、風景、時間、どうですかみなさん、なつかしいという言葉、どんなことを思いうかべますか」

と新川は女性たちに問いかけた。それでしばらく、みんなは思い出を語り合ったが、有村が頃合いをみて、新川に子どもの頃のこと、病気で休学をしていた学生時代に味わった挫折感と勇気や希望などを語ってもらい、そこから、社歌にこめた作家の思いをひきだしていった。新川はこんなことを語ってくれた。

つらかった病気や仕事でゆきづまったころ、良寛の歌や詩に励まされ、一切を捨て、無一物に徹して生きた良寛に心を惹かれるようになった。良寛が生まれた出雲崎や晩年をすごした五合庵へ何度も足をはこんだ。やがてこの「捨てることの充足」ということでは、その先達に一遍上人がいることを知った。さらに一遍上人を敬仰してやまない坂村真民さんの詩集を手にする機会にもめぐまれ、かれの詩をよく読んだ。

話の最後に、新川は目を閉じ、坂村真民の詩をしずかに暗誦した。

死のうと思う日はないが／生きてゆく力がなくなることがある／そんなときお寺を訪ね／わたしはひとり／仏陀の前に座っている／力わき明日を思う心が／出てくるまで座っている…。

作家の朗々とした声に、室内はしばらく、しんと静まっていた。

「つらかったころ、わたしを励ましてくれた詩ですね」

とかれはつけたし、ひげにおおわれた口元に笑みをうかべた。

肩で大きく息をすると、有村がいった。

「たしか昭和四十二年、真民さんが自薦詩集を出版されると、曹洞宗の宗務庁からお声がかかり、宗務庁発行の月刊誌に真民さんは詩をお書きになる。そのころの詩ですね。わたしもとっても好きな詩です」

「よく知っていますねえ」

作家は有村のほうへ身をのりだし、感心した。

「新川先生が暗唱された詩は、お寺のポスターにも使われていました。それでたまたま知っていました」

「あなたはその詩を胸に、お像と向き合っていたのか」

新川がたたみかけると、有村は困惑した表情で応えた。

「わたし、子どもと同じです。お像をみて、本当に、今日はって感じです。でも真民さんは一遍上人像に特別な思いをもっておられた。新川先生もそうですけど、詩を作る人はちがうなって思います」

「なるほど、だったら聴きたいな。真民さんの特別な思いとやら、みなさんもどうですか」

と作家はノートをとっている部員たちへ声をかけた。座談会は作家と有村の対談のようになっていた。若い女性たちはうなずいた。

坂村真民は一遍上人像に会うために松山へ来て、かつて一遍上人が始めた念仏札を配る旅を、念仏札にかわって「詩国」という詩集を全国各地の真民ファンへ発送する方法で、一遍の遊行の旅を現代に復活させた詩人である、と前置きをし、有村は上人像と真民との出会いのさわりをつぎのように話した。

戦後、熊本から愛媛にやってきて、高校の教師をしながら詩を書いていた真民はゆきづまり、昭和三十四年九月に宝厳寺へ参詣する。住職にみちびかれて本堂へあがり、一遍像を拝ませてもらった。額には鋭いしわが幾筋も刻まれていた。太い眉はみけんに寄り、両目はかっと開かれている。げっそりやせこけた頬ととがったあご、合掌した両手は前へつきだされ、手のさきから光がはなたれているようだ。「捨て果てる」とはこのことか。われを忘れて、真民がじっとみつづけていると、住職は所用を口実に庫裡へもどっていった。そのとき、「ふれてみよ」という声を真民は聞いた。木像の跣の足の先へ手をのばし、さわった。それから、そこへ唇をつけた。「あなたに会うために、四国へ来たのだ」と思うと、とめどなく涙がこぼれおちた。

最後のところは、話している有村自身が涙をこぼしそうだった。

じっと聞き耳を立てていた新川は気づかうようにいった。

「一生に、一度の出会いですね」

有村はうなずきかえすと、作家をみつめ、

「真民さんは七年前に旅立たれ、そしてお像もなくなってしまいました。みんなどこへ行ったのでしょう」

と自らに問いかけるようにいった。

「さあ、どこだろう。こんど、風にたずねてみますか」

作家はにこやかな表情で、みんなの気持ちをほぐすように応えた。

ここまでで、ちょうど予定していた時間になった。

休む間もなく、みんなは近くのホテルのホールへ場所を移した。大切な顧客と取引先、それに退職した先輩役員を招待して、社歌のお披露目会と祝宴がもよおされた。新川は上機嫌で、ひげ面の顔から笑みがたえなかった。かれは宴席で野瀬に有村のことをほめちぎっていた。

翌週の火曜日の午後、野瀬は企画広報部長と一緒に座談会のビデオをみた。作家がとても満足している様子が、会話のやりとりや絶えない微笑から十分にうかがえた。

部長が百周年記念講演の講師の念押しをした。

「新川先生で決まりですね」

「月末の取締役会で周年行事の企画案を議決してもらうつもりだ。出席して説明してくれ」

「かしこまりました。講演と祝宴会場はときわ会館ですね」

「もちろん、押さえているな」

「はい、講演がメインホールで三千名、祝宴は隣の真珠の間で一千名。これほどの人数を収容できる会場はときわホールしかありません」

と部長は自慢した。ときわホールは愛媛県が一九八六年に建設した文化施設で、劇場形式のホールや多目的集会場がある。野瀬が頭取になって五年後の二〇〇八年に、競争入札でときわ銀行がネーミングライツを取得し、「ときわホール」の名称でよばれるようになった。銀行のブランドを高める効果は大きく、行員にしても誇りと親近感をいだく施設になっている。

部長が再度、たしかめた。

「正式になれば、講演をお願いする日と、あごあしこみの講演料を新川先生へお伝えしたいと思います」

「記念講演だから、銀行としてはそれなりの心づもりはする。しかし行事自体は二年先だからな。柔軟に見直す心構えを忘れるなよ」

「はい、かしこまりました」

部長はぴょこんと一礼した。野瀬はくだけた語調になった。

「ところで座談会だが、有村の抜擢は正解だった。よい人選だよ」

「彼女、本をよく読んでいます」

「うん、礼を言いたい。来るように伝えてくれ」

と野瀬は部長へ命じた。

会長室のドアはいつも開いている。

有村は一歩だけ中へはいって、よろしいでしょうか、と会長の様子をうかがった。野瀬は招き入れ、会長の机の前においてあるイスへ座るように指示した。ひとことねぎらいの言葉をかけるだけのつもりだったが、有村のふくやかで理知的な顔を目の前にして、一遍上人像のことを直接彼女から聴いてみたくなったのである。

座談会のことをふりかえったあと、野瀬は背後の書棚から茶壺をとりだすと、有村の前においた。

「この中に、お像の灰がはいっている」

「えっ、お像の灰、一遍さんですか？」

有村は切れ長の目を大きくみひらいた。

色白の頬が桃色に上気していた。野瀬は説明した。

「伊佐岡先生が焼け跡でかき集めたものをひとすくい、壺におさめてもってきてくれたんだ」

「所長さん、新聞にお書きになっていますね」

研究所を退職した伊佐岡が短大で教えていることは、有村も知っている。一遍上人の新聞連載も読んでいる。彼女は視線をじっと茶壺へそそいで離さない。野瀬は灰を預かることになったいきさつをかいつまんで話し、茶壺をあけて中をみるようにうながした。

「そんなこと、できません」

あらがうようにいうと、有村は顔をあげた。

「ただの灰だよ」

「はい、わかります。でも……」

なじるような視線で会長をみつめ、押し黙った。

「いやあ、つい無神経なことを、すまない」

野瀬はすぐ、率直に詫びた。有村が応えた。

「申し訳ありません。せっかくお気づかい下さったのに、わたし、小心者なのです。お像がなくなったこと、まだ受け入れられないのです。よい年をして、とお思いになるでしょうが、肉親を亡くすほど辛い気持ちがあります」

野瀬は首肯すると、座談会での言葉をとりあげた。

「一遍さん今日は、というのはとってもいいなあ。軽いようだけど、深い思いもある。しかしそれにしても、真民さんと上人像の出会いのこと、よく知っていましたね、感心しました」

「そのことでしたら、実は松沢参与から教えていただきました」

と、有村はためらうことなく明かした。

野瀬は松沢の名前がでてきたことに驚き、

「文さんが？」

と少し怪訝な表情になった。

「参与は真民さんのこと、よくご存じです」

と応えると、有村はこんなことをいった。

お盆前の十二日の月曜日から、彼女は休暇をとって島の実家に帰っていた。翌週、出勤すると百年史編さん室は、宝厳寺の火事のことで話がつきなかった。一遍研究会の会員でもある松沢は、毎月一回道後の公民館で開かれている研究会に出席している。それでかれは宝厳寺が炎上した日のことを、興奮と落胆をかくさずみんなに語った。この日、研究会は五年間つづけられていた「国宝『一遍聖絵』を絵解きする」の最終回だった。兵庫の観音堂にはいった一遍は、八月十日の朝、阿弥陀経をとなえながら所持していた書籍や書物をすべて焼き払い、自分のなきあとは、南無阿弥陀仏の念仏だけがのこればよいと述べ、さらに死に臨み、なきがらは野に捨てけだものにほどこすべし、と言い残す。この最終回の講義のさなか、道後では火事を知らせるサイレンがなりひびいていた。しかしだれも宝厳寺が燃えているなどとは、思いもしていなかったのである。講義が終了した時、会員の携帯がなり、寺が炎上していることがわかった。松沢をはじめ数人の会員が宝厳寺へかけつけた。坂をあがったところに非常線がはられ、町の人たちが消火活動をみまもっていた。お像は無事だったのだろうか、と松沢は案じたが、翌朝の新聞で焼失したことを知った。寺の墓地に眠っている真民さんは、どんな思いでいるだろうか。そのことがずっと脳裏から離れず、松沢は編さん室で、真民と一遍上人像の出会いのことをみんなに話したのだった。この出会いのことは、真民は自分の本のなかにも書いており、講演でもたびたび語っていた。

有村の話に、ひとつひとつうなずいていた野瀬が、

「文さんが真民さんのファンとは、知らなかったな」

と意外そうにいうと、有村はちょっと間をおき、

「参与は一遍さんに心酔されています。でも、真民さんのファンではないようです。詩はつまらん、とおっしゃっていますから」

と隠すことなく明かした。

「詩のことはわからん、でもそれ、なんとなく文さんらしいな」

「ええ、参与は人物に興味をお持ちのようです」

「つまり、評伝ですか」

「はい、むきだしの人間のすがたが魅力だそうです」

「一遍さんのことですか」

有村は点頭すると、まなざしを上げた。

「参与がおっしゃるには、一遍さんのお像は人間の裸のすがたただそうです。焼けたのがわかり、口惜しくからだがふるえたそうです」

「もうとりかえしがつかない」

「灰だけをのこして、一遍さんはどこかへ行ってしまいました」

茶壺へまなざしをうつし、有村はぽつりとこぼした。

無尽と一遍

宝厳寺はお施餓鬼会を秋分の日の午後にひらいた。更地になった境内いっぱいにテントを張り、祭壇をつくった。その中央には焼失した阿弥陀如来、観音菩薩、勢至菩薩の弥陀三尊にかわって、時宗総本山遊行寺の遊行七十四世他阿真圓（たあしんえん）上人の親筆「南無阿弥陀仏」を表装して掲げた。用意していた百脚のイスは檀信徒で満席である。同じ教区内にある時宗寺院から六人の僧侶もかけつけ、法会をもりあげた。導師をつとめた長岡隆祥住職はよく響く声で経を唱え、香煙がたちこめるなか、脇導師役の僧侶たちも朗々と読経した。住職は檀家名を一軒一軒ていねいに読みあげ、檀信徒へ安心を与えた。

お施餓鬼会が終了すると、会場はそのまま檀家総会にきりかわった。住職がほそい声で、寺を焼いてしまったことを侘び、再建への思いを切々とのべた。それから四人の総代が祭壇の前にならんだ。責任役員が総代を代表して、本堂と庫裡は三年以内の二〇一六年夏までに再建したいと提案し、出席者全員が大きな拍手で賛成した。

問題は建築資金である。目標額を一億五千万円とすることにし、総代会が中心となって各界各方面へ浄財を募ることになった。本堂については、社寺の設計で実績のあるいくつかの建築事務所へ声をかけて建築設計コンペを行う。そして寺と総代会で選考し、檀家総会で設計図と費用などの了承を得たあと、施行業者を決めることになった。

翌日の夕刻、伊佐岡が会長室を訪れた。

用向きは募金のことである。檀信徒からの浄財は限られているので一億五千万円となると、企業や団体の寄付金が大きくものをいうし、地元の有力企業の寄付は市民への広報効果も高い。いっぽう、宝厳寺へ至るだらだら坂の沿道を再開発するために結成されていた「上人坂再生協議会」と、従来からある「道後温泉文化のまちづくり協議会」のふたつの町内組織も、宝厳寺の再建へむけて支援活動をすることになった。道後温泉にとって、宝厳寺は重要な観光資源のひとつでもある。

「総会で、長岡住職が寄付をしたい、と先陣を切ったので、気運は盛り上がっていますよ」

伊佐岡はいつになく弾んだ口調でいった。

「和尚さんは、丸裸で焼け出されたと聞いている。寄付どころではないだろう」

と野瀬はおもんぱかった。

「それが会長、預金の二千万円を全部寄付するというので、そこまでせんでも、とみんなは押しとどめとります。そやけど長岡さんは全部出すおつもりのようですワ」

「二千万か、大金だね」

「何もかも焼いてしまい、腹が座ったんでしょうな」

「やりくりが大変ななかで、勤め人の退職金ほどはきちんと貯めていたのはえらいな。それにいくら責任があるといっても、そっくり差し出すとは、なかなかいさぎよいことだ」

日々とぎれなくお遍路さんが参拝に訪れ、納経料がしっかり入る札所とちがい、総じて寺社の台所事情は苦しい。二千万の預金とその全額の寄付に野瀬は感心した。

「寺を焼いてしまったが、長岡さんはなかなかのやり手ですよ」

伊佐岡はそのようにいうと、持参した宝厳寺の観光用パンフレットをひらき、上人坂の途中から山門を撮った写真を会長へみせた。山門の背後には二本の大銀杏（いちょう）がそびえている。

ところが山門に至る坂の両側に建物はほとんどなく、冬の棚田のように空地がひろがっている。

往時の面影は消え去ってしまったが、上人坂の周辺は明治の昔から遊郭として栄えていた。明治二十八年十月に夏目漱石とつれだって妓楼のならぶ坂を上り宝厳寺へ詣でた正岡子規は、山門に腰をうちかけて、「色里や十歩はなれて秋の風」と詠んでいる。戦後には公娼制度が廃止されたものの、赤線地帯が撤廃されるまで上人坂には風俗営業の店が軒をつらねていた。「ネオン坂」の呼称でにぎわったこの界隈(かいわい)がさびれはじめたのは、消防法の規制で、夜の歓楽街がまったく別の区画へ移ってしまったからである。昭和五十年代になると、坂は空き家ばかりになり、人通りは絶えてしまった。ふりかえれば、江戸の昔から上人坂はもともと宝厳寺の境内なのである。しかし廃墟になった妓楼や風俗店の家主は、寺から地所を借りたままで賃料は支払わず、立ち退く気配もなかった。

「住職は上人坂を信仰の霊地として再生しようと、三十年ほども前から、土地を明け渡すよう交渉を始めるわけです」

と伊佐岡は住職の苦労話を明かした。住職は一軒一軒家主のところへ足を運び、事情を話し、目的を説いてまわったという。

「それは大仕事だね。納得して出てもらうには、おそらく法外な立退料を請求されたはずだ。寺にはそんな金はないだろう。銀行から借りたのか」

「それがですねえ、会長」

伊佐岡は我がことのように身をのりだし、説明した。

住職は昔からの檀家で、行政書士をしている総代に上人坂再生の相談をし、力を貸して欲しいと頼んだ。総代は寺が所有する裏山がみかんの段々畑になっていることに目をつけ、ここに墓地を造成することにした。行政上の煩雑な手続きや業者との折衝は、町の顔役でもある総代がすべて引き受け、裏山は少しずつ墓地にすがたをかえていった。おりからの霊園ブームで、毎年相応の現金が寺に入るようになり、この金が立退料に使われたともいわれている。

野瀬はパンフレットの写真へ目をやった。

「和尚は、経営の才覚もあるなあ」

と褒め、櫛の歯がすっかり欠けたような上人坂をみつめた。

「坂の上り口に観光案内所をつくり、今風のホテルやギャラリー、それに地元企業や自治体のアンテナショップなどが立ち並ぶ通りにしたい、とそんなプランを再生協議会はもっているそうです」

「和尚は上人坂再生の舞台をつくり、さらに本堂の再建へ寄付をする。なかなかの立ち回りじゃないか」

　野瀬は住職の長年にわたる熱意に感心した。一遍上人生誕の寺にふさわしい覚悟のできた人物である。

「漏電だから火事は仕方ない、再建はできる。そやけどお像を焼いてしまったことだけは、ご本人が一番心を痛めておられるし、非難の声もある。辛いでしょうな」

「炎のなかからお像を運び出そうとした、と聞いている。和尚を咎めることはできん」

「そこですよ、会長」

　伊佐岡はゴクン、と喉をひとつならした。

「火災報知器もスプリンクラーもない本堂に重文のお像があった。重文は消防法で所有状況が査察の対象になりますが、そもそも防火設備がない本堂にお像を安置していた。そこが問題になったわけです」

「和尚さんは、消防法のことは知らなかったのか」

「そんなことはありません」

「たいした費用ではなかろう、防火設備をすればよかった」

「おっしゃる通りです。お像を拝観する目的で参拝する人が多く、本堂は開放されておりましたから、火災や盗難への備えは必要でした」

伊佐岡は住職になりかわって反省を口にした。

野瀬はふと、有村が座談会で新川へ話していたことを思い出し、パンフレットの一遍上人像の写真へ指をそえた。

「そういえば修平さん、この厨子の扉、いつも開けていたそうだな」

「ええ、いつでも拝観できるようにしていました」

「秘仏扱いにし、年に何度か御開帳のほうが、ありがたみがある……」

野瀬が口惜しそうにいうと、伊佐岡が写真から目をあげて応えた。

「実は明治三十五年、日英同盟が締結された年の春、当時の中島善應住職が、厨子の扉をいつも開けておくことを世間に宣言しました。『國寶之霊像開扉之辨(こくほうのれいぞうかいびゃくのべん)』といいまして、この宣言は文書として代々伝えられ、それで厨子の開扉が今日まで守られてきたというわけです」

伊佐岡は研究者らしい話しぶりになって、さらに説明をくわえた。

明治三十年に施行された古社寺保存法は、国内で約二百体の仏像などを国宝に指定し、このなかには宝厳寺の一遍上人立像もふくまれた。三十四年には、日本美術院から仏師が宝厳寺へやってきて、半年余りかけて上人像を修繕修復している。完了した翌年、中島住職は寺の由緒を説きおこした二千字をこえる『國寶之霊像開扉之辨』を世間へ向けて発表した。開扉の理由と目的のさわりは、高徳聖者のお像を人々が学芸、歴史、美術の参考にし、かつその遺徳を感じて信心を発起して欲しいということであった。

「長岡住職は寺のおきてを守り、そのうえで上人坂の再生につとめておられた。火事は不運としかいいようがありませんね」

「たしかに、悪いめぐりあわせで気の毒だ」

野瀬はしんみり同調すると、尋ねた。

「ところで修平さん、パンフレットにはお像の制作は室町とあるが、本堂の記載はない。お像と同じ頃かね」

「いえ、本堂は江戸のなかごろです」

「というと、お像はそれまで別の場所へあったのか」

「はい、上人坂の十二坊のひとつ、一遍が生まれた林光院に安置されていました」

「江戸期に移されたということは、お像はもともと本堂と一体ではなかった、ということか」

「そうです。おっしゃりたいこと、よくわかります」

伊佐岡は二度三度うなずいた。そして長岡住職は上人坂再生のめどがたてば、お像を安置する祖師堂のようなものをつくる予定があったのだ、と住職をかばうのだった。

話はそれから、寄付のことになった。

伊佐岡は総代会が作成した、「宝厳寺再建の発願と浄財ご寄付の願い」と表題のついた文書を会長へみせた。予算額は一億五千万円、自己資金が二千万円あるので、残りを浄財で賄いたいと書いてあった。住職は手持ちの預金全額を出すことにしたようである。

野瀬はソファをはなれ、机の抽斗から一枚の用紙をとりだすと伊佐岡に手渡した。銀行が行員向けにつくった宝厳寺再興への寄付を募る文書で、「勧進のお願い」とあり、〈宝厳寺は古住今来伊予一番の巨星一遍の誕生した名刹であり、道後温泉と並ぶ愛媛を代表する観光地である〉と書かれていて、総代会が作成したものよりもずっといかめしい。

「えらい力がはいっていますね」

と伊佐岡が文書の表現のことをいった。

「できるだけのことはしたいが、百周年行事と重なるからなあ」

「でも、本気でご支援下さるのは、この文書からもわかります」

「ああ、それは文さんにつくってもらった」

「文さんって、百年史担当の松沢参与ですか」

「うむ、一遍研究会の会員だから、気持ちがこもっている」

「たしかに、気合の入ったお願い文書だ」

「ちょっと風変わりだが、行員にはない感性のある面白い男だ。去年の春から、うちの前身の五つの無尽会社のことを書いていたが、最後の松山無尽の原稿が月末に仕上がるというので、楽しみにしている」

「思いやり、助け合いの無尽金融ですか。庶民の救済をめざした一遍さんと、つながっていますね」

「無尽と一遍さんか。なるほど……」

野瀬はつぶやくと、目を天井へあげた。

墓石の傷跡

月末の金曜日、松沢は四百字詰め原稿で五十枚ほどの草稿をもって会長室へやってきた。一年余りかけて、松沢は県内各地へでかけ取材している。五つの無尽会社は戦時下の昭和十八年三月に合併統合されて「ときわ無尽」となるが、かれはそれぞれの会社の創業から合併までの歩みを丹念にほりおこし、数多くの資料から経営の実態に迫っていた。そして実証だけではなく、それぞれの創業者と後継者の人物像をほどよい哀歓の物語として浮かび上がらせていた。これまで四つの無尽会社の草稿を読んだ野瀬は、ときわ銀行の前身が無尽会社であることに以前にも増して強い誇りをもつようになっている。松沢の書きぶりはいかにも物書き然としていて、「読ませる社史」を意図した野瀬の期待に大いに応えるものとなっていた。

松山無尽の草稿を野瀬は自宅にもちかえり、土日の休日にじっくりと読んだ。思っていた通り、大事なところは説明だけでなく会話も多用していて、物語調の仕上がりである。話は松山無尽の創業者の新野米太郎と、事業をひきついだ弟の毅の二人を軸に展開されていた。

書き出しは、関東大震災があった大正十二年九月である。米太郎夫妻は四男五女の子宝に恵まれていたが、大震災のとき、中央大学法科の学生だった長男は、明治銀行の名古屋支店に勤務していた叔父の毅のところへ身を寄せた。妻は東京が復興するまで、長男を松山へ帰省させることを望んだが、米太郎は東京帝大出の弟毅のもとで長男が金融業務の実際を学ぶのがよいと判断し、大学の授業が再開されるまで、叔父のところへ留まるように命じた。それというのも、米太郎は社長をしている今出（いまづ）銀行の後継者を長男にするつもりだったからである。今出銀行は県内に銀行が数多く乱立するようになった明治三十年代半ば、米太郎の郷里の垣生（はぶ）村に設立された。大正になって本店を松山の官庁街へ移し、中堅どころの金融機関に成長している。

大震災があった月の十日に米太郎の生母が死去した。同月十八日、名古屋に留まっている長男をのぞき、米太郎は妻と七人の子女をつれて、銀行設立の年に早世した長女の墓参りをした。墓地は垣生村の常光寺にある。月命日ではなかったが、一家総出で墓参することで、家族の絆をいっそう強めることを米太郎は強く意識するようになっていた。

ところがどういうことなのか、このときから墓参した子どもたちが次々と死去し、この墓地に入ることになる。半年後の大正十三年三月に五歳の五女、翌年四月に二十歳の次男、さらに八月に三女、そして昭和三年には三男が他界した。うちつづく不幸で米太郎はひどく気弱になった。融資は縁故が幅を利かし、信用調査はなおざりになり、銀行経営は放漫になっていった。

こうしたなかで、米太郎は農村の素封家の働きかけに応えて、大震災直前の大正十二年八月に松山無尽会社を創業していた。ふだん銀行が相手にしない農民や町人、それに小商人や家族経営の零細商工業者の資金融通に役立ちたいという目的であった。小口資金の需要は予想外に多く、松山無尽は堅実に成長発展していた。

昭和三年以降、金融恐慌の余波をうけて今出銀行の経営は一気に苦しくなり、破産するのではないか、との不安が巷間に広まった。「銀行の資産は十分にあるので、一般預金者には厘毛にいたるまでご迷惑をかけない決心である」という趣旨の声明を米太郎は地元紙に発表した。それでも世間では、米太郎が銀行の頭取と無尽会社の社長を兼務しているので、二つの会社は姉妹のようなものだ。それで無尽の掛金を勝手に流用して、銀行の破産をしのいでいるのではないか、という噂が立つようになり、米太郎は松山無尽から手を引くことを決断した。経営が順調な松山無尽を護るため、かれは名古屋にいる弟の毅に松山へ帰るように慫慂した。毅がもどってくると社長の座を譲り、米太郎は今出銀行の立て直しに力を注いだ。にもかかわらず今出銀行は休業に追い込まれ、昭和八年四月に破産してしまった。それから四か月後の八月に長男は結核で死去し、その後を追うように米太郎の妻も十一月に世を去った。失意の中、米太郎は病を得て自宅で療養する身になる。

毅は一流銀行で経験を積み、弁護士の資格もある有能な実務家であった。松山無尽の社長を引き受けると、無尽経営の多種多様な課題をとことん研究し、無尽を長期の庶民金融機関としていくにはどうすればよいか、このことを終始経営のテーマにした。毅は政府の金融政策の動向を常に考えながら経営の改善にとりくみ、業績は着実に向上した。その最中の昭和十一年一月、米太郎は享年六十三で永眠し、妻や子どもたちが待つ常光寺の墓地に埋葬された。

それから七年後の三月、新野毅は戦時下で設立されたときわ無尽の初代社長に就任する。これには行政の強い指導のもと、東京帝大出の毅がもつ大蔵省との人脈がものをいった。

毅は生真面目な性格で皇国思想の信奉者でもあった。七月にときわ無尽は初めての株主総会を開催し、新野社長は営業報告書のなかで、つぎのように景況のさわりを記した。

〈第八十一議会は幾多の重要法案を可決し、また昭和十八年度政府予算は三百六十億円を計上するにいたり、貯蓄増強による公債消化で生産拡充資金の円滑なる供給に、職を金融界に奉ずるわれ等に対し、一大使命を明示せられたり。ここにおいてわが社一同その設立の真意義にそい、その重大なる責務をつくせし結果、業務は幸いに順調なる発展をとげ、別項のごとき業績をもって第一期無事過ごしえたるは株主各位と共に欣幸とするところなり〉

「長期戦、たゆまぬ無尽で国を護れ」と檄（げき）をとばし、金融を通して国策の一翼をになった新野社長は戦後、時代の大きな変化に対応できなかった。大東亜共栄圏は壊滅し、民主主義の国家になったことは頭で理解できても、気持ちは戦前のままである。役員や新しく結成された労働組合員のいうことには一切耳を貸さず、堅実だが独善的な経営に固執し、経営陣並びに労働組合との間で対立が生じた。経営陣と組合は一致協力して、宇和島と西条で市長をし、戦後は郷里で農業をしていた高橋作一郎を松山へ招き、ときわ無尽の会長にかついだ。当然ながら新野と高橋の間で軋轢があり、昭和二十三年五月、新野はときわ無尽を去り、高橋が社長になった。そして戦後復興と高度成長の波にのり、ときわ無尽は急速に発展し、先行の普通銀行につぐ相互銀行へと成長することになる。

　以上は、松沢が持参した草稿の大要である。

　読みすすめながら、野瀬は創業者新野米太郎の身内の不遇に心が痛んだ。弟の毅も戦後まもなく、ときわ無尽の社長の座を追われている。そのときわ無尽は昭和二十六年に相互銀行、平成元年には普通銀行へと転換し、地域の経済と暮らしになくてはならない金融機関になっていた。常光寺に眠っている米太郎は、松山無尽の発展をどのような思いでみつめているだろうか。野瀬は文さんと話したくなった。

　三十日の午後、松沢を会長室へ呼びだした。

　草稿のできぐあいを率直に褒めた。松沢は嬉しそうでもなく、まるで他人事のような顔をしている。

　守成は創業よりも難(かた)し、というものの創業があってこそ、である。

　野瀬は松沢の白髪まじりの髪へちらっと目をやりながら、

「文さん、あんたが掘り起こさなかったら、新野米太郎はだれにも知られることはなかった。米太郎さんはときわ銀行のご先祖様のひとり、忘れてはならん人だ。垣生の常光寺にお墓があるようだが、百周年をむかえることを喜んで下さるだろう」

　と重ねて草稿を評価し、米太郎のことにふれた。

松沢は慎重な言い回しで応えた。

「米太郎さんは、不遇な方でした」

「次々に子どもが病死すると、事業どころではないなあ」

「長男も伴侶も、先立ってしまいましたから」

「神も仏もないとは、まったくこのことだ」

野瀬は眉間にしわを寄せた。

松沢は会長の表情を目にとめながら、裏話をした。

「町の館長さんから、新野家の墓所を案内してもらいました。塀囲いの中にたくさん墓石がありました。館長さんが米太郎夫妻の墓の上部を指でなぞりながら、これ何だかわかりますか、と訊くのです。そこは表面が削られ、戒名の一画が欠けていました。思いあたらないので、僕は空港のほうへ視線をうつし、滑走路をながめていました。館長さんは目を細め、滑走路を同じようにみつめて黙っています。考えて欲しかったようです。会長はどう思います？」

突然ふられて、野瀬は困惑したがありきたりなことをいった。

「ゆるされんことだが、いやがらせだろう」

「それはないとはいえません。でも違っていました。さっき会長がいわれた神も仏もない、というやつですよ」

「削られた墓石、たしかに理不尽なことだ……」

「ご承知と思いますが、海軍航空基地がいまの松山空港です」

松沢がヒントを出した。

「ひょっとして、機銃掃射をあびたあとか？」

会長が声を高めると、松沢は深くうなずいていた。

西北が海に面した垣生村近郊の吉田浜には、太平洋戦争の最中、海軍航空隊が設置され、いわゆる予科練の教育訓練施設があった。さらにその南に隣接して海軍航空基地と飛行場がつくられた。ここが現在の松山空港であるが、これらの施設と基地は、米国の空母艦載機からたびたび攻撃を受けた。飛行場からは紫電改が飛び立ちグラマン製戦闘機ヘルキャットと空中戦を展開したが、それも終戦の年の五月までのことで、それからあと、ヘルキャットはがわがもの顔で基地の上空に現れ、ところかまわず機銃掃射をして飛び去った。米太郎夫妻の墓石が削られたのは、流れ弾が当たったからである。館長は常光寺の墓地で被弾しているのは、よりによってこの夫婦墓だけだという。

「まあ、何といったらよいか…」

松沢は、分厚い下唇をぎゅっとかみしめると、

「安らかな眠りさえも、戦争の一弾が引き裂いた。墓石はまさに歴史の証言者ですよ」

と、いかにも物書きらしくきめつけた。

野瀬はまなざしをやわらげ、机の前に置いているイスを文さんにすすめた。もう少し話を交わしてみたくなった。

「墓石をそのままにしている、というのは立派なことだ」

と着席した物書きにいった。

「新野家としても、風化させたくないんでしょう」

「わかるな、伝えていかんと、みんな忘れてしまう」

と野瀬は応えた。もちろん先の戦争のことである。宇和島が空襲にあったとき、母の背中に負われて逃げ回ったかすかな記憶を脳裏に思い浮かべながら、

「風化させてはいかんな」

と強い口調でいうと、今度は松沢がこっくり、うなずいた。

ひと呼吸おくと、話題をかえた。

「それはそうと、真民さんが一遍に会うために愛媛に来た、というのは知らなかったなあ」

と、先の座談会のことで松沢に直接訊きたかったことにふれた。野瀬自身は上人像を拝観することができなくなったので、上人像を目の当たりにした真民の感動をかれから話し

てもらいたかった。

松沢は、会長の視線をさけて窓へ目をやりながら、気乗りしないのか、ぶっきらぼうにいった。

「会うためっていうのは、詩人特有の言い回しですよ」

「それはつまり、おおげさってことか」

野瀬がやや不快そうにいうと、その怪訝な表情にむかって、松沢は淡々と話した。

「戦後、朝鮮から郷里の熊本へひきあげていた真民さんは、愛媛で国語の教師の職がみつかり、一家を養うため海をわたって四国へやってくる。宝厳寺の上人像との出会いは、それから十数年あとのことです。食べることが目的、出会いはそのあとです」

「事実はそうでも、お像に強い衝撃をうけたということだろう」

「感動自体は本物ですよ。でもそれを美化しすぎる気がします。一遍は捨聖です。無名のころの真民さんの詩は好きですが、世に出てからのものはちょっと……」

「あんたは厳しいな、真民さんの詩は純粋だし、気づかされることがたくさんあってファンも多いはずだが」

そういいながら、野瀬は真民ファンだという有村の代弁をしている気がした。会長のいうことは意に介さず、物書きは低い声でつぶやいた。

「黙して語らない米太郎の墓石こそ、まがうことなき詩です」

「なるほど、うまいことをいうな。百年史編さん室の有村は真民ファンだそうだね。一遍さんのこともよく知っているみたいだ。座談会のことで彼女と話したら、一遍と真民さんの出会いのことは、参与に教わった、といっていたよ」

「そうですか、彼女、そんなことといっていましたか」

松沢は意外そうな顔をした。

野瀬は率直な気持ちを松沢参与に伝えた。

「じつは私も一遍さんのこと、勉強しようと思っている。文さん、いろいろ教えてくれよ」

「それは恐れ多いことですが、会長が一遍に関心をお持ちなのは、ありがたいことです」

「有村の話では、新川先生も一遍上人に惹かれているそうだね」

「ええ、そうです。記念講演で来られたら、宝厳寺をご案内しようって、彼女と話したりしていますよ。肝心の上人像はありませんが」

「そうか、上人像はなくなったのか」

「本当に残念なことです」

松沢は無念そうな表情をうかべ、肩を落とした。

宮崎から来た上人像

半月ほどたった十月中旬である。

伊佐岡が電話で思いがけないことを知らせてきた。一遍上人像が宝厳寺へ奉納されるので、住職夫妻と総代や檀信徒の面々がお迎えすることになった、という。

「奉納って　修平さん、それ、だれが？」

胸が高鳴るのを覚えながら、野瀬は問い返した。

「宮崎県の西都市にある時宗のお寺ですワ」

伊佐岡のしぶい声もうわずっている。

「宮崎の寺の一遍像が来る？」

「仏師の腕がある和尚が新しくつくったそうですよ。クルマに載せてフェリーで海をわたり、明日の昼すぎに到着です」

「宝厳寺が頼んでいたのか」

「いえ、ちがいます。光照寺といいますが、これまで何体も仏像をつくっている和尚が上人像焼失のニュースを聞いて、なんとすぐその晩からつくりはじめたというから、おそれいりますワ」

「それは奇特なことだが、まだ二か月じゃないか。ちょっと早すぎる気がするな」

野瀬は会長室の書棚の茶壺へ目をやった。

「みてみないとわかりませんな。あとで報告しますよ。楽しみにしていて下さい」

電話のむこうで、伊佐岡は弾んだ声をだした。

翌日、はるばる宮崎から上人像が運ばれ、宝厳寺へ奉納されたという朗報が夕刻のテレビのニュースになった。

一晩あけた土曜日の朝刊は、地元紙も全国紙の地方版もこの記念すべき出来事をカラーの写真入りで、大きなスペースを割いて報じていた。地元紙の写真には、延焼をまぬがれた山門をくぐって、更地になった境内の中へと歩をすすめる一群の人々が写っている。木像の胸から頭の部分を長岡住職がだきかかえ、胴体と短い法衣までの部分は光照寺の住職が神妙な表情でもっていた。ふたりが身に着けている黒い道衣が背景となって、仕上がったばかりの上人像の木肌が白く美しく写っている。地方版では、境内の砂利石に絨毯と板を置き、その上に各部分をつなぎ合わせて完成したばかりの上人像がすっくと、立っていた。お像を出迎えた人たちは、真新しい上人像の背後に硬い表情をしてならんでいる。長岡住職の傍らにはスーツすがたの伊佐岡も写っている。

「みなさん、よかったですね」

湯呑を夫のほうへさしだしながら、千代子がいった。

野瀬は新聞からゆっくり目をあげた。

「写真だけみると、みんなそれほどうれしそうではないなあ」

かれはびわ茶をひとくち飲んだ。

千代子は新聞へ目をおとし、みんなの様子をたしかめた。

「みなさんありがたくて、感極まっているのよ」

「わずか二か月で制作だからな、すごいことだ」

「一遍さん、お帰りなさいって、厳粛にお迎えしている」

「その通りだが、感激や喜びも伝えないと」

野瀬は新聞の記事に注文をつけた。何かもの足りない。

千代子は食卓の一輪挿しのキクへ目をうつしながら、

「境内には何もないでしょ、お像はどこに安置したのかしら」

と心配する。そこまで新聞は書いていない。

「住職が仮住まいしているアパートじゃないかな。修平さんにくわしく訊ねてみるよ」

野瀬はどんな報告があるか、楽しみに待つことにした。

週明けの火曜日の夕刻、大学からの帰りに伊佐岡が会長室へやってきた。デジカメで撮った真新しい上人像の写真を数枚、鞄から取りだしてテーブルにならべた。宮崎の寺の工房で大方つなぎ合わせて運んできたので、上人像が完成するまでの作業はあっけないほどすぐに終わった、と伊佐岡は写真を示しながら説明した。

「二か月とはなあ、やむにやまれぬ思いにとりつかれたんだな」

「毎日三時間しか寝なかったそうです。寺の勤めはそっちのけ。来る日も来る日も三十種類をこえる彫刻刀をふるって、祖師像にせまっていったそうです」

伊佐岡はすっかり感服した様子である。使用したのは樹齢百年をこえた楠で、直径六十センチ、長さ二十メートルの原木を四つに割って自然乾燥させた優れものである。特長のある視線、踏みだす両脚、やせ細った顔を『聖絵』に描かれたすがたに近づけようと、仏師の和尚は苦労した。出来栄えに満足はしていないが、これからはお像を拝む人々の信心にみがかれ本来の祖師像になっていく、と和尚は話したという。

「どうです？」

上目づかいに、会長の表情をさぐった。

野瀬は顔の写った写真を一枚手にとって見入った。

「よく磨いてあるな、木目がきれいだ」

「できたばかりやから。入魂式がすむと、あとは拝観する人たちの思いで、お像から慈愛がにじみだすようになります」

「まだ、生まれたばかりだ」

「初々しいものです、みに行かれますか」

「どこに祀ってある？」

「境内の、仮設寺務所の横のプレハブ小屋」

「プレハブ小屋と上人像、今度の休みにでかけてみるか」

「ご自宅へ迎えに行きますよ。和尚さんにも伝えときます」

「いや、おしのびだ。修平さん、おおげさにしないように」

と野瀬はくぎを刺した。拝観はあくまでプライベートである。ひとりの裸の人間としてお像に向き合ってみたい、とそんな気持ちが中山のなかに芽生え始めていた。運転手付きの高級車で宝厳寺へ乗りつけたりすると、一遍さんに嗤(わら)われそうである。

土曜日の昼すぎに出迎えに行くことを確認して、

「奥さんもご一緒されますか」

と、伊佐岡は千代子夫人を気づかった。

家内は庭木の手入れで忙しいからなあ、と野瀬は応えながら、ふと別の人物を思いつついた。百年史編さん室のふたりである。新しい上人像への関心はともに高いはずである。

「編さん室の松沢と、それに有村もどうだろう」

「こちらのほうで声をかけてみます」

伊佐岡は丸顔に笑顔をつくってみせた。

その日、上人坂をプリウスで上がり、山門のすぐ下の駐車場へ乗り入れると、松沢と有村がならんで待っていた。松沢は長袖のセーター一枚に足元はスニーカー、有村のほうはブラウンのワンピースにフラットシューズすがたで、ふたりともリラックスした表情である。野瀬と伊佐岡は秋物のジャケットで革靴だった。

クルマからおり、やあ、待たせたね、と野瀬はやわらかなまなざしでふたりに声をかけた。うしろの山門に晩秋の日があたっている。

伊佐岡が先に立って山門をくぐり、すぐ三人をふりかえった。

「こんな状態ですから、さっぱり何にもありません。焼け残ったのはイチョウと参拝者の雪隠だけです」

イチョウの二本の大木は紅葉し、落葉が幹の根元まわりを黄色く染めていた。雪隠のすぐ横には小さなプレハブが二棟ある。仮設寺務所と上人像の仮の奉安所である。

長岡住職は、体調をこわして入院していた。それで入魂式は先延ばしされていて、お像はまだ公開していなかった。僧籍をもつ住職夫人と総代も交替でときどき寺務所につめているが、訪れる人はまれで、拝観できるのは伊佐岡の口利きのおかげである。

気配を察し、夫人は外へ出て四人を迎えた。そして、「どうぞ、おはいり下さい」と招いた。炊事場と四畳半一間のプレハブである。室内に机がわりの電気こたつがある。参拝の四人はこたつを囲んですわった。夫人が炊事場でお茶出しの準備をはじめ、有村が間合いよく手伝った。茶菓子とお茶が卓上にゆきわたると、夫人は有村のそばにちょこんと正座をした。面長な顔の両目の下が黒ずんでいる。

野瀬は四人を代表し、住職へのお見舞いの言葉をそえて、お札を包んだ封筒をさしだした。夫人はためらっていたが、伊佐岡がうなずくのを目でたしかめ、丁重に礼をのべると、

「しんどい、しんどい、いうものですから、入院して精密検査を受けることにしました。あれやこれやあって、気疲れなのです」

と住職が入院をした理由を明かした。

宝厳寺再建のことが話題になった。全国に四百をこえる時宗寺院があるが、一遍上人生誕地の寺ということで、本山はもとより各地の寺院からさまざまな形で支援があった。すぐにも必要な仏具や法衣、燭台や経本などは住職が仮住まいしているアパートの一室に届いていた。地元松山のさる仏師からは阿弥陀三尊像を奉納したい、と申し入れがある。

肝心の寄付金も順調に集まっていた。住職も総代も明るい見通しでいる。設計コンペでは、鎌倉様式の本堂を提案した建築事務所を指名することになっていた。伽藍は二段構えのしころぶきで、上部は銅板をふくことになる。釘や金物を使わない木組み工法の建築である。

「来年の春までに目標額になりそうです」

伊佐岡が自信ありげにいった。

「それは安心だ」

野瀬がひと言応え、大きくうなずいた。

「全国的なニュースでしたから、再建まで注目ですよ」

と松沢がいうと、夫人をいたわるように伊佐岡がつづけた。

「計画どおり三年以内に本堂と庫裡ができます。目途がたつようになり、お寺としてもひと安心ですワ」

「みなさまのおかげです。全国の河野会も地元の道後の皆さんもいろいろと応援してくださり、本当にありがたいかぎりです」

夫人はか細い声で感謝をのべ頭をさげた。

それから、四人は外へ出た。夫人が隣のプレハブの奉安所の引戸をそっと開けた。すぐ前面に一遍上人像が現れた。まっすぐに立ち、こちらをみている。まるで幽閉されている男児のようで、小づくりの顔が青白い。ほっそりとした上体にくらべて二本の脚が太かった。形ばかりの祭壇がその足元におかれていた。最初に野瀬、それから伊佐岡、松沢、そして有村の順に合掌し、出来立てのお像を鑑賞した。

寺務所の前で四人は夫人に見送られた。イチョウの紅葉を見上げたあと、山門をでたところでたちどまった。

「真新しいから、これからですね」

と松沢が率直な感想を口にした。

お像が安置されたプレハブ小屋をみつめなら有村がうなずくと、伊佐岡は上人坂へ目をうつして、ひきたてるようにいった。

「入魂式をしたら、だんだんよくなりますよ」

「数百年かかるのかなあ、修平さん」

とつぶやき、野瀬は道後の家並みの上の空をみつめていた。

第二章　一本の道通りたり

七年ぶりの会食

十一月に入ると、松山も日暮れがはやくなる。

宵の口、野瀬は頭取の時代からなじみの料亭「もりかわ」へでかけた。この料亭ではこれまで、となりあう部屋を空けてもらい、要人と気兼ねなく京風料理を楽しむようにしていた。会長に退いてからはすっかり足が遠のいていたが、秘書を通して予約をしていたところ、女将が気を利かしたらしく隣室は空けてあった。

仲居が膝をついて座敷の襖をひくと、入り口のそばで五十年配の男が正座をして野瀬を待っていた。田嶋俊三である。

七年前の五月、田嶋が経営するプリント基板製造会社セシリアのプラハ近郊ピルゼンの工場開所式に頭取の野瀬は招かれている。このとき田嶋と一緒に帰国することになり、その途中、パリのセーヌ川にかかるミラボー橋を田嶋から案内してもらった。

当時、野瀬は頭取になって三年目をむかえていたが、どこの銀行でさえも倒産する時代に直面していた。ときわ銀行でも不良債権処理や不祥事の対応におわれ、大ナタをふるう改革の最中であった。いっぽうの田嶋は、中国の江蘇州の太倉と上海市に進出した現地企業の業績は順調だった。さらに初めてのEU域内への海外進出となったピルゼン工場の見通しも明るかった。

セシリアはもともと父親がパイオニック電器産業の協力工場として愛媛県西条市に設立した下請け会社であった。電子機器製品市場の飛躍的な成長にともない、プリント基板製造に特化したセシリアは、拠点の西条のほかに県内の小松、川内、久米、松前それに山間部の久万や松野にも工場を設立し、一千五百名の従業員をかかえる中堅企業へと発展した。父親から会社を引き継いだ田嶋は、欧米での留学経験を活かして、パイオニックが海外進出している電気製品工場の近くに協力工場をつくり、プリント基板を供給する体制をつくりあげた。

田嶋のやり方は、かれならではの合理性と国際感覚によるもので、適切なたとえではないがカッコウの托卵と似ている。現地で稼働あるいは休業している工場の機械設備を借用して、高度な技術が必要な設計・製造部門だけはセシリアが行い、従業員は継続あるいは現地で新規に雇用した。投資のコストが極めて安く抑えられ、教育と研修や訓練も短期間ですみ、早急に生産をはじめることができた。

セシリアの海外工場は中国の太倉と上海、それからチェコのプラハとメキシコのサンディエゴ、さらに二〇〇八年三月にタイのバンコクへと拡大した。そしてこの間、パイオニック傘下の合弁会社「山下プラズマディスプレイ」は、クロイセル電器産業の液晶ディスプレイに対抗して、兵庫にプラズマパネルの生産工場をつぎつぎに建設していた。

セシリアがバンコクへ進出して間もない頃である。パイオニックからの新規大型受注に成功し、田嶋は兵庫のプラズマディスプレイ第四工場の一階フロアをすべて使って、三百名の従業員でフラットパネルを組み上げるという大きな好機をつかんだ。この結果、愛媛の片田舎の工場からスタートしたセシリアは、海外もふくめて従業員が二千五百名、年商百五十億円を超える企業へと成長した。父親の悲願だった東証への株式上場も夢ではなくなり、田嶋は得意満面であった。

ところがほどなく、プラズマパネル事業は行きづまる。二〇〇九年後半以降、コスト面や高画質と消費電力で優れる液晶パネルが世界のシェアで優勢となり、プラズマパネルの事業環境は急速に悪化した。このためプラズマパネルの生産は、兵庫はもとより海外の工場も休止や撤退においこまれていく。パイオニックへ全面的に依存してきたセシリアは、リーマンショックと東日本大震災も重なり、経営が一気に立ち行かなくなってしまった。

田嶋は太陽光発電事業へ活路を求めたが、新会社は稼働して二年も経たない二〇一一年八月、大赤字を計上したまま操業を停止した。中国企業の増産による製品価格の暴落に加えて、一ドル百十円に設定していた円相場が八十円を切るまでに高騰したことがおいうちとなった。業界の将来展望が不十分で、経営計画の見通しに甘さがあったのである。

田嶋が事業意欲にもえ希望に胸を膨らませていたのは、頭取の野瀬とミラボー橋からセーヌ川をみつめていた頃であろう。パイオニックの兵庫工場に参入してからの一年間がもっとも輝いていた。アジア、ヨーロッパ、アメリカと世界中を飛び回り、パイオニックの経営陣からも認められ、充実した日々のなかで事業家としての達成感を味わっていたのである。しかし奈落の底へ落ちるのはあっという間である。一直線に下降し、セシリアは五年間で六十億円もの債務をかかえ、破産寸前となってしまった。

田嶋は会社の生き残りをかけ、企業再生支援機構（その後官民ファンド地域経済活性化支援機構）からの支援をとりつけると、二〇一三年三月、電気機器メーカーのオキニクスへプリント基板を供給する事業を立ち上げ、休止状態だった小松工場を再開した。この先、さらに生産量を増やすため小松工場を閉鎖し、地の利がよく十分な人手のある西条工場への全面的な移転を水面下でオキニクスと画策した。西条工場が想定通りに稼働すれば、ときわ銀行とかわした約束で、田嶋は経営から一切身を引くことになる。小さくなっても会社が生き残るのであれば、多額の不良債権処理をする銀行並びに支援機構に対する経営責任の取り方として、代表取締役社長を辞任するのは理の当然でもあった。

この七年間、野瀬は田嶋の人物を高く評価していたが、経営に直接関与したのは田嶋が太陽光発電事業を興したときだけである。融資が決まって頭取室へあいさつにきた田嶋に、「日々、新たな気持ちでやることが一番だ」とさりげなく激励している。またセシリアが破産の瀬戸際にあった際、再生支援機構への口利きをしたのは野瀬頭取だったが、具体的なことはすべて担当部署に任せていた。

オキニクスとの取引は計画どおりすすんでいる。来春、西条工場は本格的な稼働にむけた準備にはいっていた。セシリアは再生への道を歩みだしていたのである。

先日のこと、田嶋からご相談したいことがある、と申し出があった。野瀬は出処進退のことだと察し、くだんの「もりかわ」を指定したのだった。

ふたりがじっくり膝を交えて会食するのは、七年ぶりである。

プラハのピルゼン工場の開所式のことが話題になった。

「あの獅子舞はよかった。みんな、にこにこしていた」

野瀬はなつかしそうにふりかえった。

「舞がはじまると、みなさん大喜びでしたね。チェコ人のふだんあまりみない笑顔をみて、とてもうれしかったです」

田嶋もなつかしがった。開所式に間に合うようにと、松山から獅子舞の道具一式をプラハに送り、民俗芸能保存会から講師役も派遣して現地の日本人スタッフに練習させていた。チェコ人は初対面では自己表現をひかえ、目立ちたがらないところが日本人とよく似ていた。なにごとにも控えめである。それで開所式を華やかに盛り上げるため、獅子舞をすることにしたのだった。「厄払いの福招き」という事前の宣伝も功を奏して、ピルゼン工場周辺の住民からも大勢の参加者があった。鳴り物の半太鼓や鉦の演奏が会場を活気づけた。いまにして思えば、自信満々だった田嶋の発展と隆盛を祝う開所式でもあったのだ。

野瀬はゆったりとした所作で、ガラス製の徳利を手にした。田嶋がもつ特製のワイングラスへ花冷えの大吟醸酒をつぎながら、

「あの娘は、どうしているかなあ、よい年ごろだったから、きっと結婚して母親になっているか」

とふたりしか知らないことをいった。開所式のあとのことである。

「財布を届けてくれた娘ですね。会長は大変な感激でした」

田嶋はすぐに応じて、濃いまつげの下の大きな目をやわらげた。

帰りは地下鉄に乗ってみたいと野瀬がいうので、手配していたクルマをキャンセルし、

ピルゼンの街中を地下鉄の駅へむかって歩いた。その途中、買い物をした店で野瀬はレジに財布を置き忘れてしまった。店をでて間もなく、舗道をかける足音がパタパタと背後に近づき、ふたりを呼びとめる声がした。ふりむくとレジにいた若いブロンドの娘である。もじもじしながら、野瀬にそっと財布をみせた。すっかり恐縮し日本語で野瀬が礼をいうと、そばで田嶋が笑顔を返しながら、「エクユ、エクユ（ありがとう）」となんどもいった。すると娘の頬はみるみる紅くなった。野瀬はとっさに、財布からドル紙幣を一枚ぬきとって娘に渡そうとした。彼女は手を振ってことわり、踵を返すとかけ去っていった。

「ついつい、失礼なことをしてしまった」

遠ざかっていく娘をみつめながら、野瀬はいささか後悔した。

「そんなことはありません。善いことをして、あの娘、とってもうれしそうでした」

「なんのお礼もできていない……」

「人に親切にするのがチェコ人の一番の喜びなのです」

と田嶋は訳知り顔で言い、野瀬を安心させた。

乗った地下鉄は一種独特の雰囲気があった。乗客がだまりこんでいるのはどこの国も同じなのだが、この国では節度と緊張感のある沈黙が車内を支配しているように感じた。

市内のホテルへもどり、ふたりで夕食をとったあと、バーで名産のビールを味わいながら、財布を届けた娘のアルカイックな微笑と地下鉄車内の重苦しさを話題にした。田嶋は、「沈黙と慎み深さ」は、周辺諸国の支配をうけてきたチェコ人の国民性なのだという。それで野瀬は、「恥じらいや慎み」は日本人が大切にしてきたことなのに、今日の日本の社会では軽んじられてしまっている、と少し嘆いてみせた。

プラハでのこのような思い出話をしていると、女将が座敷にあいさつにきた。猛暑でしたから、今年の冬は寒くなります、と冬の訪れを気にかけ、お元気そうで何よりです、と愛想をいった。七十キロをきって、服がだいぶゆるくなりましたよ、と野瀬は快活に応えた。

女将がいなくなると、田嶋は読書のことを話題にした。会長が『聖絵』を鑑賞し、なんやら抹香臭い本、『一遍上人語録』などを熱心に愛読しているという噂がときわ会のなかにある、というのである。

初めて耳にすることだったが、野瀬はちょっぴり愉快になった。会長室にやってくる役員や部長たちは、机上に広げたままにしてあるB4版の大きなサイズの『聖絵』や、その横に積まれた一遍関係の書籍を目にし、無関心をよそおっていたが、それでもここ最近、用件がすむと家のブザーでも押すような顔で、一遍のことを訊く者もでてきた。ときわ会での噂のもとはかれらなのだろう。みんなが一遍に関心をもってくれるのはうれしい。

　野瀬はだいぶ年下だが、学究肌の相手を前に照れくさそうにいった。

「銀行家の私に一遍は、ちょっとそぐわないか」

「いえ、信心深い経営者はたくさんいます」

「それはそうだが、私のばあい、上品な思いなどはない。ヒマができて、まずは自分の健康、そのつぎに日本の国や日本人のことを考えている。なにしろモノがあふれ、けばけばしい世の中になった」

　と野瀬はひかえめに心境を明かした。

「それで、会長は一遍ですか」

「信心はないが、宝厳寺が焼けて、国宝級のお像がなくなった。残念な思いが背中をおしているのかもしれんなあ」

「あのお像を拝観しようと、司馬さん、大岡昇平、川田順、それに戦前は斎藤茂吉など、名のある文人が宝厳寺を訪ねていますから、焼失は本当に残念です」

　と田嶋は悔しがると、文人たちにならべて、野瀬のことをたとえた。

「アポリネールの詩からミラボー橋、諸法無我、そして一遍……」

「なんだ、それ。この野瀬英一郎のことか」

「ええ、会長のこころの旅路です」

「自覚も見識もないのは百も承知だが、色即是空、空即是色、やっぱしゆきつくところは、一遍かなあ」

野瀬はまんざらでもなさそうに頬をゆるめ、グラスの酒をのみほした。

そして徳利をもつ田嶋を制し、ゆっくりといった。

「あなたにかかると、私は俗世間をこえたみたいだが、裸の野瀬はなんにもわかってはおらん。ただ、一遍上人の、捨て果ててこそ、という訓えはいい。世間でいう断捨離ぐらいにしか理解はしていないが、年をかさねるにつれ、気分としてわかる」

日々、銀行の建て直しに没頭していたときの、忘れてはならない出来事がふと胸をさした。この頃は、まだ一遍と出会ってはいない。

野瀬の表情をみて、田嶋は話を深めた。

「ご存じと思いますが、知識人の一遍への関心は宗教というよりも哲学です。マイナーではありますが、一遍を研究している哲学者は世界にもいます」

「そうか、一遍が世界でねぇ」

野瀬が興味を示すと、田嶋はつぎのように話した。

フランスの大学にいた頃、哲学者のシモーヌ・ヴェイユの「絶望を通して至る神」という考えが流行っていた。ヴェイユの思想はソ連崩壊後のロシアでも支持され、すべてを捨てきらないと神の恩寵にあずかれない、ということから、モスクワ大学の学者のなかで日本仏教の浄土教、それも捨て果ててこそ、の一遍上人の研究が盛んだった。田嶋はこの頃から、一遍の思想は哲学として普遍性がある、と思っている。

そんな硬い話を手短にすると、田嶋は正座をして背筋をのばした。

つられて、野瀬もあらたまった。

「この七年間、本当にお世話になりました」

深々と頭をさげた。

野瀬は口元に微笑をうかべ、うなずいた。

「セシリアも再建できました。改めて感謝を申し上げます」

「事業のことはともかく、これからもあなたにいろいろと教えてもらいたい。さっ、顔をあげて、むしろこれからが裸のつきあいだ」

目頭を熱くしながら、田嶋はいった。

「西条工場が動き出したら、きっぱり身をひきます」

「親御さんが興した会社だから、つらいだろうが、ここはこらえんといけんな。世間はいつまでも田嶋をほっておきはせん。それまでしばらくじっとがまんじゃ。私の酒の相手をしてくれたらええ」

と野瀬は穏やかな声で、諭すようにいった。

表へでると、暗がりから会長車がすっと近づいてきた。

旧弊の刷新

話を野瀬が頭取になった翌年の二〇〇五年にもどす。

この年の春、野瀬は有志を募って、三余会という名の毎月一回の勉強会を始めた。塾頭は野瀬がつとめ、講師は海南新聞社社長の宇佐美和夫だった。宇佐美は東京支社長の頃、易学者の安岡正篤が主宰する易学講座に熱心に通い、東洋思想を学び理解を深めていた。大学の先輩の宇佐美に対して、野瀬は以前から畏敬に近い思いを抱いていた。経営者として、あるいは組織を率いる者として、さらに人間として、いかにあるべきか。安岡正篤の著書をテキストにして、このようなテーマにそった話をしてほしい、と三顧の礼をつくして宇佐美を招いたのである。

講師をひきうけた宇佐美が、受講者の人選について、

「英一郎さんなあ、古い権威が嫌いなあんたのことやから、だれでもええというわけでもなかろうが」

と政財界に影響力がある、地元のいわゆる旧財閥を気にかけた。

「県内の各界のトップにお声かけしております」

「そうかな、リストはあるかな、みせとおみや」

宇佐美は応接ソファからぐっと身をのりだした。

卓上へ、十名の受講予定者の用紙を野瀬は差しだした。

丸いフレームの老眼鏡を額のほうへずらして、宇佐美は人差し指で氏名をひとりずつ押さえながらうなずいた。上から順に、日銀松山支店長、ＮＨＫ松山放送局局長、県医師会会長、県警本部長と地元の名士がならび、県内に本社を置く東証上場企業からも年齢順に代表取締役の名前があった。

宇佐美は名簿の企業名と創業地をあげ、暗に旧財閥がはずされていることをほのめかした。野瀬はそのことにはふれず、

「いずれも世界をめざす企業の若手の事業家です。社長のお話をいまから楽しみにしております」

と講師役の宇佐美をもちあげた。

旧財閥系へ声をかけなかったのは、ライバル意識からである。野瀬のそんな気概を宇佐美もよく承知している。

万事において対等をつらぬき公正を重んじる野瀬の姿勢は、きわめて保守的で旧態依然としていた県内の経済界の空気を一変していくことになる。守旧派の経営者は苦虫をかみつぶし、やがてこの筋を通す頭取に一目も二目をおくようになる。

時勢は野瀬に味方をしていた。

「愛媛県はいまだ明治維新を迎えておらず、殿様政治で旧弊がはびこっている。大掃除をしなければ、愛媛の明日はない」とつねづね公言していた文部官僚出身の梶守行知事は、二期目にはいると独自色を強め、あらゆる分野で行政の刷新をすすめていた。

教育やスポーツなどの文化行政は、全国的にみて随分見劣りがしていた。県立図書館では、昔ながらの目録カードを使う蔵書検索がつづいていた。貸出返却システムが稼働して電算化にこぎつけたのは二〇〇五年のことで、全国の自治体で最も遅かった岩手県立図書館よりさらに二年も遅れている。情報公開制度が整備されたのも、同様に最も遅い。また信じがたいことだが、県立高校の演劇部は生徒の左傾化を理由に活動がみとめられてなく、梶県政になって三十年ぶりに解禁された。明治維新前という言い回しはともかく、門閥制度に似た守旧支配が徐々に解消され、自由で風通しのよい県政が実を結びはじめたのは、野瀬が頭取になった頃からだという声がある。

三余会の受講者は、梶知事の県政刷新のよき理解者であった。

講義が始まってみると、易学の内容はレベルが高く、予習の余裕のない受講者にはかなり難解であった。二回目の講座の前に、みんなの顔色を気にした宇佐美が電話をかけてきて、

「英一郎さん、反響がさっぱりないが、どんなもんかのお」

といまひとつ心もとない様子だった。

「懇親会の酒がうまい、と好評です。講座で気をいっぱい張りつめて、そのあとの宴席ですから、めりはりがあって最高です。どんどんやって下さい。みなさん大変楽しみにしていますから」

「なんやそれ、わしの話は酒の肴かいな」

「いいえ、名講義があってこその懇親会です。よいお話が聴けてみなさん本当に喜んでいます」

野瀬は感じたとおりのことを伝え、宇佐美に感謝をした。

易学講座は銀行の研修所の一室で行い、そのあと、すぐ近くの割烹料理店で懇親会をもっていた。

六月に開講した三余会は休みなくつづき、二〇〇六年三月で十回目をむかえた。ところが翌月から急遽延期となり、そのご開講されることはなかった。理由は野瀬塾頭の側にある。

不良債権処理問題への対応や、つぎつぎにでてきた四件の不祥事などで、日々ゆとりをもてなかったからである。業務改善命令をうけて、野瀬は思い切った改革に着手していた。

鬼になった野瀬

ふりかえれば、三余会をあえて立ち上げた頃、ときわ銀行は創立以来の苦境のただなかにあった。不良債権問題は経営を圧迫し、金融機関の倒産と合併で銀行をふくめ全国で一〇〇をこえる金融機関の窓口がなくなっている。どこの銀行も不良債権は経営をゆるがせかねないほどに積みあがっていた。ときわ銀行においても、リーマンショックなどによりここ六年間で処理した毀損額は、六百億円をゆうにこえていた。

とかくバブル経済のせいにしがちであるが、積みあげてしまった不良債権は、ときわ銀行に巣くった病弊にもあるのではないか、という思いが野瀬にはあった。頭取に就くとすぐ、分析や考察に優れている地域経済センター所長の伊佐岡に意見をもとめた。

「企業風土というか、文化というのか、そのあたりを変えていかないと、ときわに将来はありません」

伊佐岡所長はたまっていた思いを吐きだすように応えた。

「風土や文化か……」

うすうす感じていたことを、所長が言い当てた感があった。

取締役になった頃から、野瀬は銀行の社会的な使命について事あるごとに考えることが多くなっていた。利益は大事だが、それだけを追求していては決してよい結果が生まれない。利益の源泉は何か、というところまでよく見極める必要がある。

「はびこっているのは先送りの事なかれ主義です。自分で考えて判断しようとはせんのです。それと長いものには巻かれろ、ですよ。一番強い派閥にはいり、ボスのいうとおりになる。どこの世界でもそうですが、世渡りとしてはこれが最も楽ですから」

と所長は容赦なく指摘する。

「なんとも覇気のない話だ」

「みんなが仲間だから居心地がよい。悪いことは、みてみないふり、知らん顔を決め込む。まあこんなところでしょうか」

「それでは競争に勝てん。困ったことだ」

「ビッグバンで競争が始まったのに、ときわでは行員の意識はまだ変わらず、時代認識にかけていました。組織としてもずるずると生ぬるいままです」

野瀬は大きな机を間にして聞き耳を立て、所長はつづけた。

「相互銀行時代は普銀への転換を目指してみんなが汗をかきました。ライバル行への競争意識も相当なものがあった。ところがときわも普銀に昇格すると、そんな意識は希薄になった。楽なほうがよいと思っている。一流であろうとはしないから厳しさや使命感がなくなる。残念ながらこれが今のときわの企業風土です」

「いわんことはわかるが、ちょっと辛辣すぎるなあ」

と野瀬頭取は困惑気味に行員をかばった。

所長は背筋をのばし、毅然としていった。

「信金、I行、郵便局、農協、ときわ。なんの順序かおわかりですか」

「信金が一番上、五番目がときわ、つまり一番下、なんだ?」

「金融機関では、四国四県でも、ときわが最下位です」

「いやな話になりそうだな……」

推測がつき、野瀬は押し黙った。

所長は手元にひろげた資料へ目を落としながら説明した。

バブル経済崩壊後、証券や土地から資金が金融機関へ移動している。ここ十年の県内金融機関の資金量の伸び率をみてみると、信金がダントツの七四%、次がI行の三七%、それから郵貯と農協の順で、ときわは一二%である。四国四県の第二地銀の平均が四十%であるから、県内はもとより四国内比較でも、ときわの伸び率は異常に低い。ここ十年間、不良債権はたまるばかりで、顧客からの信用のモノサシでもある預金は大きく減少しつづけているのである。

「預金の集まらない銀行になっています」

と所長は厳しい現状を明かした。

受けとった資料へじっと目を落とし、野瀬はいった。

「信金の勢いは相銀時代のときわみたいだ。しかし今、ときわはI行の三分の一にも届かない。バブル以後、世間のときわへの評価は最低ということか」

「時代に遅れ、信用も信頼もなくしているのです」

「わかった、提案を聴きたい」

野瀬は目をかっと見開いた。

所長は用意していたのか、すらすらと上申した。

「職場に緊張感と誇りをとりもどすことです。まずは緊張感。過去にさかのぼって監査と業務の見直しをする。なれあいの決裁やみてみないふりはなかったか。顧客の大切なお金を預かっているのですから、ピリッとした緊張感が仕事への誇りや使命感を育んでいくと考えます。そうなればもっと信頼され、頼りにされる銀行になっていくはずです」

野瀬は腕を組み、なんどもうなずいていた。

あたたかく包み込むような人柄で、行員から慕われていた野瀬がすっかり変わったのはこのときからである。上意下達を徹底し、鬼のような形相で役員会を牛耳った。机をたたいて檄をとばし、一人ひとりに職務に応じたノルマを課した。常務や専務の執務室もドアをいつも開けておくように命じ、頭取室のドアもそのようにした。廊下からいつも役員たちの室内が丸見えである。役員用食堂と休憩室の使用を禁止し、役員の昼食は、一般行員と同じ食堂でとるように促した。

野瀬が鬼になった、という噂がたちまち銀行内につたわった。九月下旬に招集した支店長会議は、息が詰まりそうなほどの緊張感が支配し、せきばらいひとつ立たなかった。野瀬の声が会場を威圧し、だれひとり眉一つも動かさず、一斉に頭を上げ下げしてメモをとった。

これではまるで、すぐとなりの国の会議の様子とそっくりではないか、と野瀬はさすがに気にかかり、伊佐岡所長に感想をもとめた。

「たしかに、負けてなかったですよ」

イスに腰をおろすと伊佐岡は満足げに応えて、進言をした。

「いつも強圧的なスタイルだけでは、やる気がそがれます。連帯や協調、それに自発性も大事にしないといけません」

「緊張感が一番としても、息がつまるな。何かアイデアはないか」

「支店長会議は午前中です。みんな街で昼食をとってから帰宅していますが、この昼食を銀行が出すのはどうでしょう」

「そうだな、仕出し弁当でもとるか、それにお茶……」

野瀬が目元をやわらげて応じると、所長が提案した。

「弁当ではなく、ホールをビュッフェ会場に模様替えする。一流のフランス料理などをならべ、ビールもワインも地酒も用意して、みんなが気さくに懇親をする。役員もいれて百五十人ほどでしょうか。事前に用意しておけば、十五分もあれば会場は設営できます」

「ビュッフェはよいが、昼間から酒というのはなあ」

「会議は休日だし、アルコールは肩ほぐしですよ。酔っぱらう者はいないでしょ」

「なるほど、メリハリをつけて、士気を高めるか」

「ぜひ、やりましょう」

所長は声をつよめた。

「わかった。企画と総務に検討させ、支店長会議の恒例にしよう」

野瀬は快諾した。以後、年二回開かれる支店長会議後の懇親会は、遠路はるばる出席する支店長たちの楽しみとなった。

それはそれとして、野瀬はＩＴ化に対応して本部の監査機構を各段に強化した。各支店においては管理システムを遺漏なく働かせるように通達し、事務チェックは毎日寸分たりともゆるみがないよう、徹底して行うように厳命した。また、監査部から各支店に対する随時チェックも頻繁になった。目的の一番は行員を不祥事からまもるためである。私生活についてもプライバシーを尊重しながらも、上司がとことん気を配るように指示した。

バブル経済下で企業のモラルハザードが問題となり、どこの金融機関においても行員による事故や事件が多発していた。野瀬が頭取になる前年も、全国の金融機関に対して百件をこえる業務改善命令が発出されている。監査を徹底すれば、ときわでさえも無事故ではありえない、と野瀬には覚悟があった。すると案の定、四件の出納事故と浮貸しが明らかになった。業務改善命令は不名誉なことであるが、悪いことだけではなかった。日々改善改革につとめたことで、顧客や地域社会から、「ときわの行員さんは変わった。みんな礼儀正しく、ていねいで、とても親切になった」という声がとどくようになった。

まもることが責務

ちょうどこの頃である。

星辰企画社長の薬師寺悟が、野瀬頭取のところへあいさつに来た。

一九八〇年代初め、薬師寺は三十半ばのときに脱サラして、松山で小さな広告会社を立ち上げている。二〇〇〇年から本格化しはじめた情報化社会の波にのって事業は急速に拡大し、県外にも営業所を開くまでになっている。しかし創業して間もなく、倒産寸前になったことがあった。何日も金策にかけまわったが、どこからもすげなく断られた。最後に高校の同窓会名簿をくって、あてはないか探した。松山市内にある、ときわ銀行の支店長が野球部の先輩だとわかった。四歳上で、まだ三十代という若さである。伝手も面識もない相手だったが、ワラにもすがる思いで支店へでかけると、会ってくれた。薬師寺は事業への夢を語り、窮状を訴えた。すると支店長は、「その金額なら、自分の権限でなんとかなる」と融資を約束してくれたのだった。その夜、薬師寺は冬の星座をみあげながら、この恩義は一生忘れまい、と夜空に誓い、社名を星辰企画として再出発したのだった。このときの支店長が野瀬である。

頭取室のとなりの部屋にとおされた薬師寺は、週の半分は高松にいることになった、とあいさつに訪れた理由をつたえた。

「いよいよ高松にも進出か、おめでとう」

早とちりした野瀬は目をほそめ、事業の発展を祝した。

「いえ、それが、思いがけないことから、高松で石毛さんのお手伝いをすることになりました」

「石毛って、あの西部ライオンズの、ミスターレオ？」

だしぬけに有名な元野球選手がでて、野瀬は訊きかえした。

薬師寺はたれ目をいっそう下げ、口をすぼめてうなずいた。

「来年、高松を拠点にしてＩＢＬＪ、四国アイランドリーグが設立されます。それで九月に高松の扇町に事務所が開設されますので、石毛さんの隣の席に座って、球団を運営することになります」

「構想があるのは知っていたが、四国にプロ野球が生まれるのか」

「四球団でリーグ戦をやります。当初は四球団を一社で一括して運営します。その事務所が高松ですが、石毛さんは先々、分社化して四国各県に一球団とするつもりです。それで頭取、愛媛県にも球団ができることになります」

「野球王国の愛媛に四国アイランドリーグの球団。いい話だが、しかし薬師寺君、なぜあんたが石毛さんのお手伝いを？」

と野瀬は怪訝そうに尋ねた。

「球団設立にかかわっている四国広告協会の理事長から、分社化するまでマネジメントしてくれないか、と依頼がありました。石毛さんは看板ですから、高松の球団事務所の机にいつも座ってはおれません。それで私に声がかかったわけです」

「ふーん、しかし分社化となると、引き受ける企業がいるかなあ。愛媛はどうなんだ？めどはついているのか」

「香川、徳島、高知はすでに手をあげている会社があります。でも愛媛だけがまだです。私に声かけがあったのも、愛媛をなんとかしてくれ、ということじゃないかと思っています」

「なるほど、大任だなあ」

「リーグが開幕したら、あらためてご相談にあがります」

薬師寺は折り目を正して、一礼した。

二〇〇五年四月、四国アイランドリーグが開幕した。

愛媛を拠点とするチームの名称は、県民から公募して、「愛媛マンダリンパイレーツ（以下愛媛ＭＰ）」と決まった。ホーム球場は「坊っちゃんスタジアム」で、この他に県内の十一の市町にある球場で試合をすることになった。もちろん他の三県の球場へも遠征する。

ときわ銀行は所有している「ときわグラウンド」を愛媛ＭＰが練習場として使用する便宜

を図り、選手用のトレーニングジムもつくって支援した。

開幕当初から、薬師寺はＩＢＬＪを分社化するため、愛媛ＭＰ球団の運営を引き受ける企業をさがした。最初に話をもっていったＩ行は、サッカーチームを応援しているので余裕がないと断られた。他の有力なところにも何社かお願いしたが、むだ足に終わった。

薬師寺は途方にくれ、野瀬へ相談した。

「ひとりの力はしれている。みんなでやろう」

と野瀬は声をあげた。松山商工会議所、愛媛県経済同友会、連合えひめ、それにＰＴＡ連合会などに参加をもとめ、球団設立へむけた委員会を立ち上げた。地元の大学で懇意にしている学部長を座長にすえ、県庁の文化・スポーツ課へもはたらきかけた。隔月で委員会を開き、県民が所有する球団をつくることになった。名称は株式会社愛媛県民球団とした。資本金は三億円である。

十二月の定例県議会を前にした十一月中旬だった。

野瀬は頭取室に薬師寺を招いて、いった。

「県民球団となれば、まず県や市町に出資をお願いする。ここがカナメになる。実際に出資がないと、県民球団とはいえんからなあ」

「県民が球団をもつのは全国でも初めてですが、可能ですか」

「梶知事ならやるよ。県が動けば市町も同調する」

「議会から反対がでますよ」

「なんでも反対党はぶつぶついうだろうが、いわせておけばええ。多少の反対があったほうが物事はうまくゆく」

すでに有力県議への根回しはできていた。

野瀬は大きな身体をぐっと前へのりだし、委員会が作成した資料を手元にひきよせた。

「選手は野球だけ、というわけにはいかんぞ。これはあんたの専門分野だが、委員会では球団がオフシーズンを利用して、積極的に社会貢献活動をし、県民の暮らしの中へはいっていくよう提言があった。県民に受け入れられ、愛される球団になるには、どんどん社会へでて球団の存在をアピールせんといかん」

「委員会の提言はもっともだと思います」

薬師寺は肝にめいじるようにいった。

県下各地で開催されるスポーツフェスタ、学校の野球教室、児童の登校見守り活動、町内の清掃奉仕、老人ホームへの慰問などの福祉ふれあいイベント、保育所や幼稚園での交流、さらにはみかん狩り、森林の間伐作業など、それぞれの地域や分野のニーズに応じたボランティア活動に球団として取り組むことが、球団へ税金を投入するために求められている、というのが委員会の提言の具体的な内容であった。この提言はすでに県庁の文化・スポーツ課をとおして知事へ上申されていた。

数日後、野瀬は薬師寺を伴い、県庁で知事に会った。

資本金三億の半分あまりの額を県と二十の市町が出資し、残りはときわ会の有志企業、それに星辰企画が負担することになっていた。

「県民球団は、愛媛を明るくしますよ」

梶知事は黒縁眼鏡の奥の目をやわらげた。上機嫌である。

「ときわ会で後援会をつくります。知事もお力添えをお願いしたい」

と野瀬が大株主となる県のトップをさそった。

「いいですとも。野瀬さん、あなたが会長をおやりなさい。私は顧問の立場で応援しますから」

と梶は快活に応え、薬師寺へ柔和な視線をうつした。

「球団の社長は、薬師寺さんになりますか」

「はい、力不足ですが、これまでのいきさつもあり、私が引き受けさせていただくことになりました」

「いいですね、あなただとNPB（日本プロ野球機構）との人脈もおありでしょうから、パイレーツだけでなく、四国アイランドリーグ全体をみつめた運営ができる。期待していますよ」

と梶は薬師寺をもちあげた。

薬師寺は知事の激励にいたく恐縮し、丁重な感謝を述べた。そしてひと呼吸おくと、

「あのう、県は筆頭株主ですが、配当はここしばらく払えません。誠に恐縮です。お含みおき下さい」

というと頭をさげた。

梶はほがらかな笑い声をあげると、もりたてた。

「県民が自分たちの球団の試合を観戦できる。こんなに楽しいことはありませんね。だから、だれも配当なんて考えてもいません。あえていえば、パイレーツの勝ち星が配当ですよ。たくさん勝って、県民に元気を届けてください。知事としてまた後援会の顧問として欲しい配当は、勝ち星です。どうかがんばってください」

一年目のシーズンは八十九試合で勝ち星は三十二とふるわず、順位は四位だったが、観客動員数のほうは後援会参加企業の積極的な応援があり、七万二千人でリーグ一位を記録した。

監督とコーチを総入れ替えして、二シーズン目を迎えた二〇〇六年三月下旬、愛媛ＭＰ

は後援会会長も参加して、桜が満開の神社でシーズン総合優勝祈願をとりおこなった。

夕刻、野瀬が銀行にもどると、頭取室の前でリスク管理部長と担当常務が帰りを待っていた。

二人の様子から、野瀬はイヤな予感がした。部長は黒い鞄を両手に抱きかかえ、常務はじっと天井をみていた。

部屋に招き入れると、頭取の大きな机の前にふたりは直立した。

「どこだ、松山か?」

「いえ、K支店の役席です。誠に申し訳ありません」

二人はかしこまり、深々と頭をさげた。

顧客の預金を流用した浮貸しがあり、当行に損失がでたが、保証人と親族が全額弁済を申しでておりますので、当行に被害はでない、と部長が話した。

「K支店の役席は森君だったな」

野瀬がたしかめると、常務が事情を明かした。

「お客様思いの優秀な行員でしたが、お客様が困っているのをみかねて、つい情に負けてしまったようです」

「わかった。で、本人はいま、どこだ」

「自宅待機させています」

間髪をいれず、野瀬はイスから立ち上がった。

「自宅にいるかどうか、すぐに確認してくれ」

とリスク管理部長へ命じ、それから人事教育部の部長と課長を頭取室へ呼ぶよう、常務へ指示した。

野瀬はK支店の課長の森を覚えていた。頭取になった年に県内の支店をすべて視察して回っている。K支店は今治の郊外の農村地帯にあった。森はその情景が似合う、実直そうな人物だった。

「自宅におりました」

「そうか、それで」

「いつまで自宅待機か、と訊くので、処分を待てとつたえました……」

野瀬は腕をくみ、視線を天井へむけた。重ぐるしい沈黙をやぶって、常務が人事の部長と課長をしたがえてはいってきた。

野瀬は四人に先々の対応を告げた。

「メディアについては、財務局へ届け出る日に記者会見をする。大事なのはこのピンチをチャンスへ転換させることだ。会見にそなえてしっかり用意をし、誠実に対応する。これに尽きる。お客様は必ず当行の取り組みを理解してくれる。離れてゆくことはない」

先の不祥事で改善命令をうけている最中であったが、低迷していた預金高はぐんぐんと伸びていた。銀行が一丸となって進めている改革を世間が評価してくれて、ときわ銀行への信頼は高まっていたのである。

野瀬は、常務とリスク管理部長を部屋にのこし、応接ソファに座るように指示した。頭取の机からはなれ、落ち着かない表情のふたりの前に腰をおろすと、諭すようにいった。

「よいか、不祥事から森をまもれなかった責任はわれわれにある。このことをしっかり胸にきざみこんでくれ。わかったな」

「かしこまりました」

行員を不祥事からまもる、という経営者としての断固とした姿勢はこれまで、くりかえし役員会や頭取訓示で周知してきたことである。

野瀬はふたりを見すえて、命じた。

「明日、昼までにK町の自宅へ行って森に会い、心配するな、とだけ伝えてくれ」

翌朝、ふたりはK町へでかけ、野瀬の言葉をそっくり伝言した。

するとその翌日、森は家族にちょっとでかける、とだけ言い残して家を出たまま、帰らなかった。次の日、K支店は在宅確認の電話で、森が帰宅していないことを知った。常務からこの報告があったのは、この日の午後である。その後、森の行方は杳としてつかめなかった。

森に伝えたはずの、「心配するな」というのは、処分後の身のふりかたのことであったが、かれはそのようにうけとめる余裕がなかったのだろう。森が妻子をのこして行方をくらましたことに、野瀬は烈しい自責の念をかかえることになった。

マスメディアはこの不祥事を報道し、「行員をまもることができなかった」と悔やむ、野瀬の言葉と苦悶の表情が新聞に載った。

一本の道

話をもとにもどそう。

宝厳寺と一遍上人像が焼失した年が去り、二〇一四年になった。ときわ銀行は来年初秋の九月、いよいよ創業百周年をむかえる。

年明け二週目の木曜日、裏千家今日庵の初釜式に招待されている野瀬会長は、千代子を伴い空路大阪へ発った。伊丹空港には大阪支店長が迎えにきていた。支店長は社用車の助手席に同乗し、京都の都ホテルまで会長夫妻に随行した。

翌朝、ハイヤーで今日庵へ向かい、夫妻は午前の茶席に正客として参加した。大宗匠千玄室からは格別なおもてなしを預かっている。茶席のやりとりは作法からはずれることはなかったが、終戦時に松山航空隊所属の特攻隊員でもあった千玄室は、野瀬に特別な思いをいだいていたようである。今日庵のある理事に、「野瀬さんは、国士の風格がある」と常々評していた。その理事から、来年は淡交会四国地区長に推挙したい、という名誉な話を野瀬は内々に頂いていた。

ちょうど二十年前、常務になった年に、野瀬はふだん参禅していた寺の和尚にすすめられて茶道の稽古をはじめ、茶席へも顔をだすようになった。頭取に就くと、茶道研修を行員教育の一環として本格化させ、新入行員、主任、課長、支店長、部長の五つの階層にわかれた研修をおこない、職位の節目ごとに普段忘れがちな礼儀作法や思いやりの心を常に意識することを学ばせることにしていた。茶道を通して日本の伝統文化を学び、おくゆかしい人柄がにじみでるようにしたい、というねらいがあった。今日庵にしても茶道への理解を深め、活用と普及をすすめるのはありがたいことである。野瀬は一目置かれる賓客となっていたのである。

今日庵から帰った翌週の火曜日だった。

年始のあいさつにきた伊佐岡が、会長室のソファに腰をおとすと、寄付金が目標の一億五千万円に届きそうにない、とこぼした。コンペティションで決まった銅板しころ葺き屋根の本堂の設計を変更するかもしれない、と案じている。

「銅板は和瓦より三倍も高いそうだなあ」

野瀬は伊佐岡を前にして、総代会の腹をさぐった。

「数年もすると、屋根は深い緑青色になります。道後奥谷の景色になじみますよ。和瓦にかえると魅力は半減ですワ」

鎌倉様式の寺院に銅板の屋根を総代会は切望していた。伊佐岡もそのひとりで、野瀬も緑青色の屋根をみてみたいとおもっている。

「いくらだ？」

「五千万円ほど……」

「住職が二千だから、寄付は八千か」

そのうちの一千万はときわ銀行である。一遍上人像が焼失して全国的なニュースになったが、ときわ以外の企業は小口の寄付ですましたようだった。

「出足は順調で、年内にも目標額になる勢いだったが、二か月ほどでさっぱりこなくなった。あれほどの大騒ぎもあっけないもんですな。年もかわって、ますます関心がなくなってしまいそうです」

困った、困ったとため息をつき、茶をのみほすと、このあと総代会と檀家有志が会合をもち、趣意書をたずさえて企業や団体へお願いに行くことになりそうだ、という。

「あてはあるのか」

野瀬が気をもむと、伊佐岡はながながと説明した。

「営業マンじゃありませんが総代みんなで新規開拓ですワ。おそらく、どこも一万とか二万とかです。それでもありがたいことですが、とても五千万に届かない。夏までには山際に石垣を築き、境内の整地を終えて建築業者を決め、十二月には造営地鎮祭です。スケジュールはできていますが、資金の目途が立たんことには前に進めません」

さらにぐちった。

「住宅ローンでも借りたい心境です」

「ふーん、うちで、借りるかな」

と野瀬が軽くまぜかえすと、

「どうにもならんときは、上人坂を担保にしますから」

とまんざら冗談でもなさそうである。

「それはまあさておき、修平さん、私はこの休みに『一遍上人語録』と『聖絵』を読み終えた。おかげでいい正月になった」

野瀬は柔和な表情をうかべた。

「一遍さんと一緒に新春をお迎えですか」

「うん、また宝厳寺へでかけてみようと思う。今日庵でお茶をいただいていると、一遍さんに会いたくなった」

「その気分、わかります。茶の心の源流は一遍上人が率いた時宗門徒の阿弥衆です。語録、聖絵、茶道とそろえば、それは一遍さんに会いたくなりますワ。いつでもご一緒しますよ」

「宮崎からのお像、入魂式は終わったかな?」

伊佐岡は頸をよこにふり、

「和尚さんは体調が思わしくなくて、延期されたままです」

と表情をくもらせた。寺務と仮事務所の管理は住職夫人と総代や檀信徒の有志が交代でやっているが、今年の三が日は、焼失を知らずに訪れた観光客が山門にたちどまり、何もなくなった境内をびっくりしたようにながめやり、そそくさと帰っていく。人出といえばそれくらいで、この頃はもとのようにひっそりとしている、と伊佐岡はいった。

「お像は、まだプレハブ小屋なのか」

野瀬はいささか興ざめした。

「大事にお祀りはしていますが、公開は先のことです」

「お像に会えんようでは、でかけてもしょうがないな」

伊佐岡は書棚へ目をやり、あらたまっていった。

「茶壷、いい感じですね」

「これは修平さんのおかげだ。そこにあるだけで気持ちが落ち着く。ありがとう」

野瀬も書棚へ顔をむけ、目をほそめた。

「仏教では生死一如といいます。お像が茶壷におさまっていますから、一遍さんが好きな人は、この会長室は霊場ですな」

「霊場か、ならばここで交わす密談は、踊念仏だなあ」

とまぜかえしたが、伊佐岡は笑わなかった。

取締役会で、百周年記念行事の大綱が承認された翌日、松沢を会長室に呼んで、創業記念誌の進捗状況を確認した。記念行事予算のおよそ半分は記念誌制作とその関係費である。残りは講演会、式典、祝賀パーティー、顧客に頒布する記念品などの諸経費となっている。

編さん室では有村を主任にして、大正初年の五つの無尽会社から今日までの年表、県内外で百ある各支店の沿革、それにグラビアの作成に取り組んでいた。夏までには草稿が仕上がる予定である。

松沢のほうは、野瀬改革を総括する作業にはいっている。財務内容の健全性の強化、信頼回復、ときわブランドとロイヤリティの向上、行員有志を営業用バイクで国際ラリーに参加させるなど、いわゆる殻をやぶる挑戦とその気概の涵養、官公庁への積極的な出向による人材育成、新規事業並びに創業者支援、6次産業化と感性価値を創造する部署の設置などなど、野瀬は実に数多くの新しい試みや企画を立ち上げ実行していた。銀行は着実に再生し、総預金高も普銀転換以降の悲願だった二兆円をこえるまでになっている。各方面からの、「野瀬さんなら」という絶大な信頼が改革を支援していた。もっともみんながみんなそうだということでもない。県下の旧財閥系の経営者のなかには、野瀬のもつ強烈なカリスマ性を警戒し、距離をおく者も少なくなかった。

それはともあれ、この人物の一番の魅力である優しさとカリスマ性が同居する人柄はどこからくるのか、松沢はまだつかめないでいる。

イスに座り、説明を終えるとつけたした。

「いわゆる野瀬改革で、銀行が生まれ変わった感があります」

「身びいきにはならんよう、事実だけ書いてくれ。難しい言い回しはいらん。みんなが読んで、教訓になればよい」

野瀬はいつも話している要望をくりかえした。

「社歌をはじめ、改革がしっかり根付いています」

「私は頭取という立場からいろいろ決断しただけだ。ただ、本来やりたかったことは何もできなかったなあ」

「会長は中興の祖といわれていますが」

「それは行員のみんなだよ。みんなが銀行を建て直した。改革は待ったなしだった。それで私は自分のやりたいことをやる余裕がなかったんだ。この点は悔いがのこる」

会長のイスからはなれ、野瀬は西の窓辺に立ち、外をながめた。

もう何年も前には、本館三階にある会長室の西窓から松山城をのぞむことができたが、いまはオフィスビルの蔭になっている。

冬の西日がやせた顔にあたり、ひどくくぼんだ頬が深い影になっていた。そこに老いと孤独がしのびよっている。

「やりたかったことって、何でしょうか？」

「ひとつは……、体重を落とすことかな」

とぼけてはぐらかし、相手の表情を楽しむかのようにつづけた。

「この正月に六十五を切った。うれしいものだね。毎日風呂上りに体重計にのっている」

「たしかにお痩せになりましたね。それで……」

「なんだ、まだ訊きたいかね」

「改革を書いていますから、当然ですよ」

窓辺からはなれ、壁際の書棚へ目をうつしながら応えた。

「頭取になって二年目に、安岡正篤先生の本の勉強会をつくったが、それどころではなくなって中断した。会長にしりぞき、一遍さんの勉強をはじめて間もなく、寺もお像も焼けてしまった。お像を拝観してみたかったのだが、できなくなった」

「あの上人像は本当によいものでした」

松沢はしんみりといった。

「お像の前に立ちたかったなあ」

「捨てきった人のすがたですよ」

「その通りだ。文さんならわかるだろ。繁栄は大事だが、日本人のこころが痩せ細っていく。モノはなかったが、昔のほうが豊かだったように思えてならんのだ」

野瀬はイスに腰を下ろし、肉のそげた両手を机上でくんだ。

「小欲知足という言葉がありました」

「足るを知るか。親も学校もそうしたことを教えなくなった、という気がする。そうは思わんかね」

まなざしが鋭くなっていた。思いこむと一途なところがある。

「教育勅語のようなことですか」

「もっと大きなくくりの言葉はないかなあ」

「だったら道徳、道徳教育」

「そうだ、道徳、つまり人としての道だよ。聖絵をみていると、何かこうたまらなくなつかしい気持ちが湧いてくる。日本人の姿と心が聖絵の中にある。われわれは一遍さんからもっと学ばにゃいけんと思う」

「一遍さんの訓えを根幹にした、道徳教育ですか?」

松沢は相手がいわんとしたことを直截にたしかめた。

二度三度うなずくと、

「一遍さんのような豪傑にはなれん。バンカーの私などはまったくのお門違いだが、教育をなんとかしたい」

と、野瀬は胸中に秘めた思いを伝えた。

学校を創設するつもりなのか。一遍上人を信仰から、教育という実社会と結びつく世界へひっぱりだそうとするのはいかにも経営者らしい、と松沢は感心しながら、訊ねてみた。

「今年、宝厳寺へお参りしました?」

「いや。お像もまだプレハブ小屋にしまわれたままだそうだ」

「僕はこんどの休みの日、二月一日ですが、ちょっと覗いてみるつもりです。編さん室で話すと、有村も行きたいというので、道後温泉駅で待ち合わせることにしました」

「覗くのはよいが、何もないだろ」

「ないところを目におさめておきたいんです」

「ふん、文さんらしいな。有村さんもそうか」

「彼女は、斎藤茂吉の歌碑が目的です。それこそ境内の端っこですから、炎からのがれ無傷で立っています」

「斎藤茂吉の歌碑か……」

茂吉なら、野瀬もひととおりのことは知っていた。専務だった頃、県経済同友会の旅行で山形県上山市の斎藤茂吉記念館を訪れたことがある。その茂吉の歌碑が宝厳寺にあると聞くのは初めてだった。

松沢は誘うようにいった。

「茂吉は宝厳寺で、一遍上人像を拝観していますよ」

「そうか、日本一の歌人も会いに来た」

「あかあかと一本の道通りたり、という茂吉を代表する歌が刻まれています。ご覧になりませんか」

「一本の道通りたりか……。いいなあ」

「一遍さんが跣であるいた道と重なります」

「なるほど、一本の道か。うむ、茂吉の歌碑もいいが、文さん、あんたにならって、境内を覗き、ないものをみてみるか」

野瀬は誘いにのった。

一日はよく晴れて、春の陽気だった。

道後温泉駅で松沢と有村が待っていると、ブレザー姿の会長が路面電車から降りてきて、電車は十年ぶりだがええもんだなあ、とにこやかにふたりへ声をかけた。松沢はジャンパーにスニーカー、有村も足元はスニーカーでからし色のジャケットを着ていた。三人とも観光客の気分である。宝厳寺は駅から歩くと上人坂を上って十分ほどである。

三人は山門をくぐって、整地された境内に入った。すみっこに仮寺務所があるだけで、昨年の晩秋に目にした砂地が今もひろがっていた。北に目をやると、崖の竹林が風にゆれ、その上の青空に白雲がながれていた。景色は明るくなっている。

焼け残った大イチョウの太い幹の向こうに、人の背丈ほどの大きな石がすわっていた。松沢がその自然石の前に野瀬を案内した。どっしり重量感のある青石の黒ずんだ面に三行にわたって、歌が刻まれている。

あかあかと一本の道　とほりたり霊剋る　我が命なりけり

野瀬がじっとみつめていると、茂吉が宝厳寺を訪ねたいきさつは、有村が詳しいので彼女が話します、と松沢がいった。有村はおよそつぎのように説明した。

茂吉の生家の菩提寺は時宗である。それで歌人の茂吉は、伊予松山で訪れたい場所が二つあった。その一つが正岡子規の埋髪塔がある正宗寺、あと一つは一遍上人生誕地の宝厳寺である。昭和十二年五月、茂吉はこの二つの寺を訪ねているが、案内したのは歌人茂吉の弟子だった永井ふさ子である。ふさ子は松山の女学校をでたあと、勉学のために上京し、短歌結社アララギの会員となった。茂吉との運命的な出会いは、昭和九年九月の歌会だった。このとき、ふさ子二十五歳、茂吉は五十二歳だった。ふたりは愛の歌を交わし合う男女の仲となった。が、ほどなく、ふさ子は茂吉との関係が深まることにたえきれず、十一年の暮れから父親が医院を経営する松山の実家に帰っていた。そこへ茂吉が現れるのである。茂吉は四日間、松山に滞在した。ふさ子はふたたび上京し、ふたりの密通は空襲の激化で、別々に疎開するまでつづいた。戦後、ふさ子は歌をやめて、疎開していた伊豆半島の伊東でひっそりと暮らした。茂吉は昭和二十八年二月に死去した。戦後、ふたりの間は疎遠になっていた。ふさ子はラジオのニュースで茂吉の訃報を知った。

有村は語り終えると、

「この早春の空に似合わない話になりました、すみません」

と申し訳なさそうにいった。

「いやあ、とんでもない。茂吉がその女性と一遍上人像を拝観する様子が目に浮かびます。一遍さんはきっと茂吉をにらんだ、だろうな」

「にらむ、そうでしょうか」

「ちがうかなあ。私は男女のことはわからん」

「愛欲におぼれてこそ、さとりがひらけ、よい歌ができる」

「おぼれてこそ、か……」

「一遍さんを前にして、茂吉は愛欲を歌に昇華させようと決意する。ふさ子は茂吉についていこう、と気持ちをたかめる。だから上人像の拝観はふたりの人生の決定的瞬間だったのです。あかあかと一本の道通りたり、は茂吉のことですが、宝厳寺を案内したあとのふさ子の人生にも重なる歌だと思っています」

「なるほど、ふたりそれぞれの一本の道か」

感心して歌碑をみつめている野瀬の傍らで、

「今の女性からすると、茂吉はとんでもない男でしょうね」

と松沢がいった。有村の口元に微笑がうかんだが、彼女は黙って歌碑へ目をやっていた。

松沢が一遍のほうへ話題をむけた。

「記録をたどりますと、茂吉は上人像をみたあと、上人坂にあった履物屋でわらじを一足買い求めています。そのわらじをはいて、奈良の耳成山周辺で万葉歌の調査をしています。上人像にこころがゆさぶられるところがあったのだと思います」

「やはり、それだけのお像だったということか。惜しいな」

「そっくり再興したいですね」

「できるものかね」

「写真はたくさんありますから、仏師の腕しだいです」

「そうか、やればできるのか」

野瀬は空に目を上げ、流れる白雲をみつめた。

大金の寄付

愛媛県民球団社長の薬師寺から、誘いの電話があった。

マンデリンパイレーツも設立十周年をむかえている。この間、後期優勝が二回あっただけで、戦績は低迷している。それで十周年をくぎりに、監督とコーチをすべていれかえることにした。新監督については、パリーグのオリックスで二軍監督をしている弓原敬二郎氏に三顧の礼をつくし、ひきうけてもらった。ついてはさっそく、弓原新監督を歓迎して一献傾けたいのだが、と後援会長である野瀬の都合をきいた。四年前に退任したあとも後援会顧問をつづけている梶守行前知事を入れて、四人だけの内々の歓迎懇親会だという。野瀬は快諾し、なじみの「もりかわ」に部屋をとった。

新監督歓迎の会食は、建国記念日の翌日の夕方だった。

弓原は現役時代、ベストナインやゴールデングラブ賞に輝いた名選手である。野瀬も弓原の活躍はよく知っている。会ってみると、想像していた以上に小柄で、ものしずかな人物だった。かれは選手引退後、二十年以上にわたってオリックスのコーチや二軍監督を務めており、まさに選手育成のプロフェショナルである。話は大リーグへ移籍したイチローのことから始まった。弓原は二軍時代のイチローをもっとも身近に指導したコーチでもある。一流にまで大成する選手に共通しているのは、野球道具はもとより、身のまわりのモノを大切にし、礼儀正しく、だれに対しても感謝の気持ちを忘れないことだという。イチローはこの模範的な選手だった。かれはオリックス入団の年、ジュニアオールスターでMVPになると、賞金百万円を神戸市の養護施設に寄付した。また自分を四位指名にしてくれた三輪田勝利スカウトの墓参りを欠かしたことはない。

「礼儀や感謝が人を成長させる」

野瀬はおおいに賛同し、道後の老舗の地酒を弓原へすすめた。

徳利を作法通りにもち、返杯すると弓原は力強く応えた。

「人づくりが基本です。人づくりができれば勝利は向こうからやってきます」

「まったく同感ですな。経営も同じです」

野瀬は盃を口元にはこび、うまそうにひとくちのんだ。

目じりをさげて、しきりにうなずいていた薬師寺が、

「昔も今も、人は城、人は石垣ですからね」

と、話題をもりあげる。

にこやかに聞き耳をたてていた梶が、話をまとめるようにいった。

「人をつくるのは道ですよ。思いや精神といいかえてもよいが、どんな分野でも道がありますね。相撲道、野球道、柔道も剣道も、それに文芸でいえば、正岡子規さんの俳句道、みんな道があります。そして、それぞれの道の根底にあるのが武士道ですよ。一流の日本人はみんな道に生きるわけです。礼儀や感謝は道そのものです」

弓原はなんども合点すると、ふりかえった。

「イチロー君には二軍のときから、求道者のオーラがありました。チャラチャラしたところはまったくなく、野球に道を求めていましたね。ユニフォームを着ると、山伏のような雰囲気がありましたよ」

「真剣のようにバットを立て、ピッチャーと勝負する」

薬師寺がバッターボックスのイチローを表現した。

「ピッチャーとバッター、人格の対決です。だから人づくりです」

「ビジネスにもいえますね。商談がうまくゆくかどうか、決め手は人格だ、と私は社員につねづね言い聞かせております」

と薬師寺が社員教育にふれた。

酩酊して桃色にほてった頬に微笑をうかべ、梶はいわしの生姜煮を味わうと箸をおいて、やや得意げにいった。

「道といえば、斎藤茂吉が、あかあかと一本の道通りたり、たまきわるわが命なりけり、と歌っていますな。これぞ日本人の心の歌ですよ。一本の道通りたり、の言い切った覚悟がいいじゃありませんか」

盃を口に運ぼうとしていた野瀬の大きな手がとまった。

「梶先生――」

前知事の温顔をみつめ、声を高めた。

「その茂吉の歌、つい先日、宝厳寺の境内でみてきましたよ」

「宝厳寺ですか。本堂も庫裡も焼けて、残ったのは山門とイチョウの木だけだ、と聞いていましたが、茂吉の歌碑がありましたか」

「はい、境内の隅っこなので、被災しなかったようです。案内人から、茂吉が宝厳寺を訪ねたいきさつなどを聞きました」

「それは野瀬さん、茂吉は一遍上人のお像を拝観するために宝厳寺を訪ねたのですよ。一遍は、このように両手を前へつきだして、燃えるような目でまっすぐのびる道をにらんでいる。まさに一本の道です」

梶は両手を膳の上へつきだし、上人像をまねてみせた。

それをみて、弓原がいった。

「宝厳寺の火事、ニュースで観ました。文化財の一遍上人像も焼けてなくなったと聞いて、一遍のお像は中学校の歴史の教科書に写真があったなあ、と思い出していました。梶顧問がおっしゃるように、お像はあわせた両手をグイっとつきだしていましたね。そのすがたが目に焼きついています。惜しいことですね」

「なにしろ戦前までは、国宝に指定されていました」

と薬師寺がいい、拝観したこともある、とつけたした。

縁あって松山で暮らすことになったが、上人像が拝観できなくなった、と弓原は残念がった。そして梶と野瀬へ尋ねた。

「おふたりとも、拝観されていますか」

ふたりは盃を手にし、顔をみあわせた。

野瀬があっさり、先に白状した。

「写真はみていますが、実物はみそびれてしまいました」

梶が盃を膳にかえして、つづけた。

「松山城と同じですよね、すぐそばにあると、ついつい行きそびれてしまう。これから本堂は再建されるでしょうが、お像はどうなるのでしょうなあ。たしか去年の秋ごろでしたか、宮崎のお寺のご住職が木造の上人像を制作して、宝厳寺へ寄進した、という報道がありましたが、あのお像はどうなっていますか」

「プレハブ小屋に祀られています。そのお像は拝観しました」

なんだか隠し事を白状する気分で、野瀬は応えた。

「プレハブ小屋ですか……」

「まだ入魂式が終わっていないとかで、公開もしていません」

事情をいうと、三人は肩をおとし、しばし沈黙した。

「そのお像、出来栄えは、どうでしたか？」

みんながもっとも知りたいことを薬師寺がそっと尋ねた。

「本物の上人像とはだいぶ……。いや、なにしろずいぶん急いで制作されたそうだから、それは、しょうがない」

薬師寺は納得のいかない表情をうかべ、

「お寺さん、上人像を再興する気はないのですかねえ」

と宝厳寺の意向をさぐった。

「和尚さんは体調をこわされ療養中、檀信徒のみなさんは本堂と庫裡の再建のことで余裕はない。寄付が十分に集まらないので、設計図を変更するかもしれん、とそんな状況だそうだ」

「それでは、お像どころではありませんね」

薬師寺が寺と檀信徒双方の実情を心配した。

弓原が箸をとめ、ひとりごとのようにつぶやいた。

「本堂が再建されても、上人像がないのはどうなのだろ」

それはそうだ、と薬師寺は合点し、再度、野瀬へ尋ねた。

「宮崎からのお像、率直なところ、どうですか？」

「一遍さんが生まれたお寺だから、みんな上人像を拝観しに来られる。焼失したお像を再興するのがよいに決まっている」

と踏み出すように応えると、そばから梶がひとり言をいった。

「本堂の再建やお像の再興をうながすような大金ですよね。不足している額を寄付すれば、話題性は十分です」

背中をおされた気がして、野瀬は箸をおき腕を組んだ。

不易をのこす

三月に入って最初の月曜日である。

出勤して決裁書類に目をとおした後、野瀬は企画広報部長を呼び、百周年記念行事の見直しを命じた。部長がおずおずとたずねた。

「あのー、記念品でしょうか」

「いや、創業百年史をのぞいて、全部だ」

「祝賀パーティーも？」

「記念品も催しも、一切合財すべて」

ボールペンをにぎった手をおろし、部長はまえかがみになった。

「規模を縮小しろ、ということでしょうか？」

「中止だ。やらない方向で見直してくれ。その場合の問題と不利益を検討してくれ」

まだのみこめず、部長は頭を整理するかのようにいった。

「祝賀パーティーは行事の柱です。皆様は大変楽しみにされています。予定は千人ですが、半分ぐらいでも……」

「すべて中止だ。いろいろ問題もあるだろうから、その対応をしっかり考えてくれ。それが君の仕事だ。この件は役員会まで口外はならん。よいな」

部長はあきらかに困惑し、及び腰にきいた。

「あのー、確認です。新川先生の記念講演も中止でしょうか」

「もちろん。新川さんのことは会長の私が対応する。まだ内緒だが、記念行事の予算を他のことでつかいたい」

野瀬はまなざしを書棚の茶壷へむけた。

午後、野瀬は田嶋と一緒に会長車で西条へでかけた。

セシリアの西条工場では、オキニクスの太陽光発電パネルの部品を生産する準備が整いつつあった。三月中旬からは事務部門をかわきりに山すその小松工場から西条へ順次移転し、四月からはいよいよ操業が始まる。当初は六十人からスタートして、ゆくゆくは西条市内を中心に従業員を募り、二百人にまで工場の規模を拡大する計画である。再生計画をたてた田嶋は三月いっぱいで退任し、四月からはときわ銀行の常務が、セシリア代表取締役として西条工場へ着任する。それで田嶋は、西条でお世話になった関係者へ退任のあいさつへ出向くことにした。このことを野瀬に知らせると、銀行としても市長にはあいさつしておきたいので、会長と一緒に出向くということで、日程を調整するよう、野瀬は田嶋に気配りをした。田嶋だけだと、ていよく断られるおそれがあった。

西条は高速道路で一時間ほどである。

クルマが高速をおりて国道へはいると間もなく、道路のすぐ右手にセシリア西条工場がみえてきた。格納庫のような形状で、モスグリーン色の外壁は周囲の田園の景観とよく調和していた。もともとパイオニックの協力企業が電子部品を製造するために建設した工場である。その後、田嶋の父が経営するセシリアに譲渡されている。海外留学から帰った田嶋が、父の指示で最初に勤務したのがこの工場だった。結婚して所帯をもったのも西条である。伊予西条は三万石の小藩ではあったが、徳川御三家のながれをくむ松平家によって治められていたので、旧市内には武家屋敷が風格のある佇まいをみせ、堀をめぐらせた陣屋跡は高校になっていた。向学心旺盛な田嶋は、西条藩の歴史にも関心をいだき、地元の史談会の会員になっていたことがある。

　クルマがセシリア工場をすぎると、周囲の景観は一変した。

「なんだね、これは……」

　野瀬は思わず声をあげた。道路の左右に家電量販店、スーパーマーケット、ドラッグストア、ホームセンター、ファミリーレストランなどの大規模店舗がびっしりとたちならび、それらの建物の屋上や左右に取り付けられた看板と道路端の広告塔が視界にとびこんでくる。目にやさしい田園風景はみる影もなく、あたりはクルマ社会がつくりだしたどこにでもある商業ゾーンに様変わりしている。

「だいぶ前から、こんな風になりました」

「どっかの国の歓楽街みたいだな」

「どこの町も旧市街がさびれ、郊外がこんな状況です。ただし西条の場合、旧市内にある旧跡や文化財は大事に保存されていますす」

　と田嶋は言い訳でもするかのようにいった。

「不易なるものを伝え残すのは大事だからね」

「西条は大正の昔から史談会の活動が盛んなところで、城下町の一角に、四国で最初に白壁の民芸館が建設されています。文化を大事にする土地柄ですから、市長さんに会えば教育や歴史のことが話題になるかもしれません」

市長へのあいさつは、儀礼的なものであることを承知のうえで、田嶋はゆかり深い土地への未練を口にした。

さいわいにも、市長の応対は大変ていねいだった。

西条工場の再稼働は地域を活性化させるので願ってもないことである。本来なら市長が松山へ出向いて、歓迎の気持ちをつたえてもよいぐらいであるが、野瀬会長がわざわざでかけて来たので、おおいに恐縮していた。工場の現状と将来の見通しについての話がひとくぎりし、田嶋がなつかしんだ。

「西条で暮らしていた頃、いつも目にしていた加茂川と石鎚山のながめは忘れることはありませんが、もうひとつ、祝日には旧市内の民家と商店街に日の丸の旗がならび、日の丸が城下町のおくゆかしい雰囲気をつくりだしていましたね。藩政時代からうけつがれている西条特有の文化を感じたものです」

「よいところにお気づきですな。伊予西条は藩政時代から国や郷土を大切にする文化と教育が盛んなところです」

市長は我が意を得たりという顔でお国自慢をした。

野瀬は言葉をえらびながら慎重にいった。

「戦後の教育のせいでしょうか、日本人は国旗を大事にしなくなりましたな。私はすなおに大和心のシンボルだと思っています。便利な時代になりましたが、日本の歴史や伝統文化が軽んじられ、道徳心がうすれいくことを心配しています。いま、市長さんのお話をお聞きして、西条のみなさんにあらためて敬意をいだいております」

「それはありがたいお言葉です。薩長の志士が幕府を倒して明治の国づくりをしましたが、西条にも吉田松陰と肩を並べる人物がおりました。長州萩の松下村塾と同様の学問所が西条の小松にもありました。藩校は養正館（ようせい）といいますが、教授の近藤篤山（とくざん）先生は、自分の家で四十年間も私塾をひらいておりました。藩士とたくさんの領民がそこで学んでいます」

「近藤篤山ですか、佐久間象山とも交流があり、象山はわざわざ伊予小松に篤山を訪ねてきたそうですね」

　と田嶋は昔、史談会で聞き知った知識を口にした。

「象山は、実徳な人柄の篤山に惚れていたんでしょうな。篤山のことを徳行（とっこう）天下第一の教育者、と称えています」

　と市長は郷土の偉人を褒めそやした。

　野瀬は興味をひかれていった。

「徳行天下第一ですか、お話しを承っていると、同じ教育者でも近藤篤山という方は、吉田松陰とはまったくちがった人格のようですな」
「そのとおりです。篤山先生が私塾をひらいていた屋敷がそっくり保存されております。よろしければご覧になられたらどうでしょう」
と市長は、近藤篤山の旧邸の見学をすすめた。

松山へ帰る道すがら、田嶋が旧邸への道案内をすることになった。小松町へはいり、古い商家がつづく金毘羅街道から山へむかう旧道へおれた。この旧道は騎馬通りともいわれ、上級武士が住んでいたところで、少し先には小松藩の陣屋跡ある。篤山の旧邸はこの通りに面し、しっくい塗りの長い土壁にかこまれていた。クルマから降り、管理事務所で見学を申し込み、運転手に駐車場で待つように指示をすると、ふたりは学芸員に案内されて、白い椿の花が咲き誇る邸内へ踏み入れた。

屋敷の建物自体は二百五十年以上も前のものなので傷みが多く、公開されているのは県指定文化財になっている篤山の書斎だけである。学芸員は熱心に、江戸の昌平黌（しょうへいこう）で学んでいた朱子学者篤山の経歴やエピソード、それに著書とのこされた書簡のことなどを話してくれたが、野瀬の関心をひく話はなかった。かれが心を動かされたのは篤山の書斎である。そこにはおよそ何の所蔵品もなく、広くもない畳の部屋に書見台、脇息、史机、筆立て、それに行燈がおかれ、書見台の書物へ座像の篤山が視線をそそいでいた。

「質素ですね、こころを乱すようなものはひとつもない」

と田嶋が感心した。

野瀬は書斎のほうへ上体をのりだし、

「削ぎおとして何もないな。なるほど、徳行天下第一の人物の書斎だね。庭の椿の真っ白な花弁のように澄み切っている」

と柄にもない喩（たとえ）で褒めた。

傍から学芸員が、おかれているものはすべてレプリカですが、本物そっくりにつくり、書斎を再現したのだと説明した。

「篤山の精神、美しい日本人のこころがここにはありますね」

と野瀬はいいながら、『聖絵』を思い浮かべていた。

第三章　一遍はいずこへ

記念行事の中止

役員会を招集し、野瀬はすべての記念行事の中止を提案した。つづいて企画広報部長が中止の問題点をとつとつと述べた。頭取は役員たちに意見を求めたが、手をあげる者はいなかった。全員が提案に賛成であることをたしかめ、会長はさとすようにいった。

「モノが満ちあふれている。お祝いだからと知恵をしぼって記念品を贈っても喜ばれはしない。講演は動員をかけんと会場は埋まらんだろう。宴会をすれば山のような食べ残しがでるだけだ。同じ金をつかうのなら、ふるさとに大事なものをのこしたい」

「わかりますが、その、大事なものというのは何でしょうか」

と質問がでた。それで会長が頭取をうながした。

「記念行事の予算五千万円をそっくり宝厳寺へ寄付したいと思います。本堂と庫裡の再建費が不足しているようですので、使っていただきたい」

と頭取は簡潔に提案した。

根回しができていたらしく、「異議なし」と、あちこちから賛成の声があがる中、ふるさと振興部の常務が、すでに昨秋、行員有志と銀行とで、あわせて一千万円近い寄付をしている。今回の分を加えると六千万円にもなるのだが、と心配した。これほど多額の金額を一寺院へ寄付すると、株主総会で問題になりはしないか、というのである。

もっともだと会長は常務の懸念をみとめ、ひと呼吸おくと説明した。

「この五千万の寄付は二つの目的がある。多額の寄付が呼び水になり、今とまっている寄付がふたたび始まり、宝厳寺再建に必要な費用が全額あつまること、これがひとつ。そしてそうなればであるが、このいわゆる呼び水の五千万をつかい、当行の創業百周年記念行事として一遍上人像を再興し、宝厳寺へ寄進したい。木像を想定しているが、何年かかるか、費用はどれくらいか、まだはっきりとしためどはたっていないが、いずれにしろ五千万の枠内で、上人像を再興する」

口々に賛成の声があがるものと想定していたが、みんなは妙に静かになった。やや間があって、五千万という多額の呼び水で、本当に寄付が増えるでしょうか、と懸念の声があった。百周年記念行事をとりやめてまで寄付をしたという報道がながれれば、地域社会にそれなりのインパクトがあり、必ず増えると野瀬は明言した。自信があった。野瀬のやることなら、と賛同する経営者がたくさんいる。

　席上、小声でぼそぼそ話し合っていた役員の一人が質問した。

「再興というのは、そっくり同じものということですか」

「そうだ、焼けてなくなったお像を再現する」

「会長、いまの時代、複製だけなら、造り手はたくさんいます」

　と別の役員が知ったかぶりでいった。

　すぐに、ふるさと振興部の常務が意見した。

「あのな、仏像だからな、コピーというわけにはいくまいが。まずは一遍上人を敬仰している仏師じゃないと、ええものはできん」

「そのとおりだ、魂をいれずでは困る。つたわるものがないと、時代をこえてのこるものにはならん。この件は、会長の私に一任願いたい。よろしいか」

　と会長は語気をつよめ、議事のしめくくりを示唆した。一斉に賛成、異議なし、と声があがった。役員たちを見まわして、みなさん異存はありませんか、と会長は念押しをした。もとより反対はなく、一遍上人像の再興は野瀬にゆだねられることになった。

　会議がおわると野瀬は企画広報部長を呼び、「ときわ銀行が宝厳寺再建へ五千万円寄付」のタイトルで、県庁記者クラブへ文書をただちに配布するよう指示した。そして、百周年記念行事をとりやめ、その予算を寄付するという当行のスタンスを強調するように命じた。

　つづいて秘書室長をイスに座らせ、じっくり話した。

「記念講演もやらないことになった。申し訳ないことだが、新川先生にお断りをしなければならん。失礼がないようにしたい……」

　目を白黒させていた室長が、おずおずといった。

「中止の文書を出しましょうか」

「文書ですませることではない」

「すると、直接お会いして、お断りをするようになりますか」

「当然だ、それでだが」

　野瀬は念入りにつぎのように説明した。

　四月中の昼食の頃合いに、とだけお会いする時を当行が指定する。曜日と場所は先方に決めてもらう。用件は、講演のことでおりいってお願いがあるが、具体的には当行の者が参上してからお話しするとだけ伝え、それ以上のことは言わない。そこで室長の任務は、先方と誠実に交渉し、話し合いの日と場所を決めることだ。その際、講演中止とは言わず、また当行からの面会者を問われても、決まっていない、と応える。

メモっていた室長が顔をあげた。

「新川先生にお会いするのは、東京支店長でしょうか」

「それでは先方は納得せん」

「会長が上京される？」

「できんことだ。新川先生から私へ電話があってもつなぐな。君は日にちと場所を決めろ。心配するな、あとのことは私がやる」

野瀬は口をぎゅっと結んだ。

週明けの月曜日、地元紙と全国紙の松山支局から企画広報部へ取材があり、翌日の朝刊には想定よりもずいぶん大きな記事がのった。いずれも賛意と共感に満ちた内容だった。

出勤する前から、野瀬の携帯がたびたび鳴った。ふだんから懇意にしている経営者たちからの声がとどいた。「百周年記念行事をとりやめて寄付」という英断に驚きの反応をしめし、「会長、あんたしかできんことじゃわい」と異口同音にひとしきり感心した。寄付をしても、周年行事の金がないなんてことはあるまいが、とずばりいってくるオーナー企業の社長もいた。この海千山千のたたき上げの社長は、寄付が野瀬のいわば深謀遠慮だと気づいていたらしい。しかしいずれの電話も、お寺が難儀しとるのならこっちもできるだけ応援する、とあたたかい申し出だった。

昼前には高校の野球部の先輩で、宇和島でホテルを経営している富田良夫から電話があった。富田は野瀬が今日まで変わることなく兄事し、相談相手としても最も頼りにしている人物である。新聞を読んだとこだ、と野太い声でいうとつづけた。

「周年行事をとりやめて寄付、これはインパクトがあらいな。英ちゃん、あんたのファンが心配して、なんやかんや、いってきとるやろ」

「反響は思った以上上です。頭取も私もびっくりしています」

「五千万ぐらいはすぐに集まらいな。そやけど寄付は取りやめて、やっぱり周年行事をやる、というわけにはいかんしなあ」

「そんなことはできません」

「あんたのことだ、何か考えがあるんじゃろ」

富田はずばり、つっこんできた。

「実は、一遍上人のお像をつくって寄進できればと……」

「それは記念品や祝宴よりもよっぽどええわい。そやけど英ちゃん、企業の百周年はそうあることでもないからの。お像の寄進だけというわけにはいくまいが」

富田は自分のことのように気をまわした。

野瀬は入念に応えた。

「創業百年誌を刊行します。だれも知らなかった大正と昭和の無尽時代のこともわかってきました。それで創業記念碑を建て、無尽五社の創業家のみなさんをお招きして、ささやかですが謝恩会をもよおすつもりです」

「そうか、百年誌、記念碑、謝恩会、それにお像の寄進か、いかにも英ちゃんらしいな。あんた、あちこちの銀行が倒産する大変なときに頭取になったが、ずいぶん大成したなあ。ええ経営者になったぞ」

「いやぁ、大成はともかく、いつも親身になってご心配下さる良夫さんのおかげです。いただいたお電話で恐縮ですが、いろいろ何かとありがとうございます」

野瀬は携帯を耳にあて、みえない先輩に頭をさげていた。

経営改革の最中、なんどとなく壁につきあたり、苦しい胸の内をぶちあけて聞いてもらった相手である。このとき、座禅をすすめてくれたのも富田である。さっそく休日になると夜明け前から松山の景徳寺へでかけて座禅をはじめ、和尚の講話に耳をかたむけるようになった。さらに和尚の紹介で、臨済宗大本山東福寺の大接心にも参加した。禅堂で畳一枚を居場所とし、朝、昼、晩の九時間、至静を保つ修行である。耐え忍び乗り切ると、雑念が払われ身も心もすっきりと軽くなった。

上人像の再興

寄付金は予想をこえて、あつまっていた。

伊佐岡は口座にふりこまれる浄財の額を三日おきに、野瀬へしらせてきた。この気のおけない盟友に先の臨時役員会のあと、野瀬は寄付の本意を話している。呼び水の五千万に相当するほどの寄付が本当にあつまるのか、伊佐岡は半信半疑であったが、二週間ばかりたった春分の日の前のこと、現金にしてつみあげると札束が山になりそうだ、とかれは電話のむこうで声をはずませた。呼び水の五千万をこえる寄付が、まるで雲がわくようにあつまったのだという。三年以内には本堂と庫裡を竣工し、本山から第七十四代遊行上人他阿真圓師をお招きして落慶法要をするという当初の目標は実現できそうである。それで総代会では、ときわ銀行の五千万のつかいみちについては、銀行側の意向にそいたいとのことになった。

「いよいよこちらの出番だ」

野瀬は自分自身に気合をかけるようにいった。

「上人像を再興する。願ってもないことです」

と伊佐岡も興奮気味に応えた。

「どうすればよいか、私にはわからんことばかりだ。修平さん、あんたの知恵と力がいる。よろしく頼むよ」

「この分野の権威の方がおられますから、さっそく相談してみます。腕のいい仏師を紹介して下さるかもしれません」

「仏師を何人かリストアップできたらええな。最終的にはこちらで選び、本人に会って制作をお願いしたい」

と野瀬は、電話の向こうの相手にビジネス感覚で要望した。

伊佐岡はちょっと沈黙し、おもむろにたしかめた。

「費用は五千万までとし、完成は落慶法要に間に合う平成二十八年（二〇一六）の春、あと二年ほど。これでよろしいですね」

「のちの世には、国宝になることを目指す、そんな意気込みで取り組んでくれる一流の仏師がいい」

「人間国宝クラスの人がみつかれば最高です。それで会長、確認しますが、そっくり木彫りで再興する、でしたね」

伊佐岡は慎重に念押しをした。野瀬が、「もちろん、そうだ」と応じると、月末までに具体的な報告をする、と伊佐岡は約束した。

この呼び水作戦がうまくいったのは、ときわ会の会員有志の支援があったからこそではあるが、愛媛ＭＰの新監督歓迎の会食の席で寄付のことが話題になり、梶元知事に心配をかけている。野瀬は一献さしあげなければ、と梶の携帯へ電話をいれた。すぐに梶のやわらかな声がかえってきた。ほぼ月に一回のペースで開かれている第二次安倍内閣の教育再生実行会議に出席するため、昨日から上京している。いま昼食後の休憩中だが、少しなら大丈夫、と話をうながした。おかげさまで一遍上人像を再興できそうです、と野瀬は一言つたえ、あらためてお会いしたいと申し出た。梶は快諾し、「平成二十八年度から道徳はいよいよ教科になります。それであなたにお話ししたいことがある」と言いそえた。会う日は、四月にはいって最初の金曜日になった、野瀬は秘書を通して、いつもの京風料理「もりかわ」に部屋をとった。

約束通り、月末に伊佐岡がやってきた。

ふだんは笑顔をたやさない人物だが、この日はあごの張った顔が少し細長くみえ、表情に翳りがあった。思ったようにいかなかったようである。伊佐岡はつぎのように話した。

県の文化財保護委員会の委員長をしている山田教授に協力をお願いするため、大学の研究室へでかけた。教授は各地の寺院や旧家が所蔵しているさまざまな種類の仏像に精緻しており、文化財の修復や保存にたずさわっていた。奈良国立博物館へもたびたび出かけ、全国でも名のある仏師や彫刻家との交流もある。相談相手としては申し分がない。

　用件をじっと聴いていた山田は、そっけなくいった。

「あの上人像を木彫りで再興なんて、そりゃ無理ですね」

　とんでもない、といわんばかりである。

「室町時代のお像ですから、技術的に困難ということでしょうか」

「写真があればそっくり同じものはできます。でもそれは複製品ですから魂がはいっていませんね。焼失したお像は、何年もかけてノミをふるい、そのつどそのつど仏師が祈りをそそぎこんだものです。造形は祈りの表現であり仏師の魂の器です。お像とともに仏師の魂も消え去ったのです。いくら精巧に再興しても魂はありません。空っぽです」

「よくわかります。おっしゃる通りです」

　その通りである。伊佐岡は浮かない顔になった。教授はすまなさそうな表情をうかべた。

「紋切り型なことを申して、ご期待にそえずにすみません。鑑賞や評価それに真贋が仕事ですから、つい愛想のないことになります。どうでしょう、懇意にさせていただいている仏師が道後の山奥においでですから、一緒に訪ねてみませんか。四代つづく仏師の家系で、腕も見識も中四国では一番です。上人像再興の話、条件は各段によいので、ひょっとして引き受けて下さるかもしれません」

と伊佐岡を誘った。

二日後、大学で待ち合わせ、山田のワゴン車で林道をはしり、ゴルフ場の下の集落へ行った。目指す仏師の工房は雑木林の入口にあった。一歩なかにはいると、如来、菩薩、明王などの仏像が棚にならび、阿修羅、帝釈天、鬼子母神が足元におかれている。曾祖父がこの山奥に工房を設けたのは、大正の初めだから百年以上も昔です、と薄くなった頭に和タオルでねじり鉢巻きをした四代目が胸を張った。

伊佐岡はおりをみて、再興の話をしたが暖簾に腕押しである。

「一遍さんは上人ですからな、そんなえらい人のお像は、手に負えません」

と言葉やわらかに、しかしきっぱり断られてしまった。

帰途、クルマをゆっくりはしらせながら、山田がいった。

「どうしても再興ということなら、鋳造が一番です。日本一の技術をもつ銅器製作所で、一流の彫刻家に依頼して、かりに一千万円かければ、それはもうこの上ない最高級のものができます」

「銅像の一遍さん、まったく考えてもいませんでした」

「各地の時宗寺院にある上人像の多くは銅像ですよ。それぞれになかなか味わい深いものです」

「銅像ですか……」

伊佐岡は車窓をよぎる景色へ目をうつした。向かいの小山の峰に山桜が咲いている。山田がさらりといった。

「のこりの四千万で上人堂を建てるのはどうでしょうか。ご承知のように奈良の大仏でさえも二度の火災にあっています。お像は数千年の命、しかしこの間、お寺が火事にあわない保証はありません。お堂にお像を安置しておけば、火災から守ることができます」

「お堂はたしかに必要ですな。この際、鋳造の上人像とお堂を寄進する、おおいに一考の価値ありですね……」

伊佐岡は自分に言い聞かせるようにいう。

山田は前方をみつめ、まじめにきめつけた。

「焼失したお像の魂がのりうつれば申し分ありません」

「お像の魂、のりうつるですか……」

反復しながら、伊佐岡にはふと、ひらめくものがあった。

会長室の窓からさしこんだ夕日が、盟友の四角い顔を照らしていた。

野瀬は話を聴きおえると、私もお堂のことはまったく頭になかったなあ、と宙をみつめた。それからまるで申し合わせたかのように、ふたりは書棚の一点に目をやった。

「茶壺をお像に納めたらどうでしょう」

「うん、そうだ、それがいい」

野瀬は二つ返事で同意した。総代会での承認が必要ではあったが、上人像の青銅での再興と、お堂の寄進がこのときに決まった。

「ところで、修平さん」

と野瀬は話題をかえた。あたっていた夕日がそれて、伊佐岡の顔が暗くなっている。金曜日に梶元知事と会食するので、よければ同席してほしいと誘った。いつもは気軽にのってくる相手だが、返事をしぶっている。道徳教育について意見を求められそうなのだが、大いに関心はあるものの学校のことは門外漢である。大学教員の修平さんがいると心強い、と事情を話した。

伊佐岡は力のないまなざしを野瀬へむけた。

「それが会長、血便がとまらんので、明日から県病院に検査入院ですワ。もうええ齢ですから念のため、ということです」

両肩をすぼめてふっと息をはく。

野瀬は表情を変えずに、いたわった。

「ゆっくり休んだらええ。これまでいろいろ心配をかけ、すまなんだ」

伊佐岡はためらいがちにいった。

「代わりというのは変ですが、教育なら松沢参与がいます」

「文さんか。四月にひとつ仕事をまかせるつもりだが、こんどの会食はその勉強、ということにするかの」

「そうして下さると、こちらも安心です」

「退院したら知らせてくれ。快気祝いをやろう」

野瀬は快活に声をかけた。

道徳教育

中庭のサクラが座敷からの明かりにぼっと浮かんでいた。年度初めなので「もりかわ」はにぎわっている。いつもとちがい、中廊下の一番奥の部屋で野瀬は松沢を伴い会食にのぞんだ。

お像と上人堂を造営して寄進することになったいきさつを報告したあと、梶のいう道徳教育を念頭に、野瀬は久々に西条へでかけたことを話題にした。景観や環境への配慮もなく乱立する大型店舗、それと小松に保存されている近藤篤山の旧邸と書斎、このまるで対照的な二つのことである。

じっと聞き耳をたてていた梶が口をひらいた。

「バブル崩壊とともに商人道徳は地に落ちたのですよ。渋沢さんの論語と算盤ではありませんがね、戦後の日本人は算盤だけになってしまった。私も桃太郎旗や原色のどぎつい看板がならぶ郊外の街並みをみますと、ふるさとが失われていくようでさびしいかぎりです」

「松山の中心地も、いまやビルとマンション、それに広告塔で城山の天守閣が隠れてしまいそうです」

「松山だけでなく、どこの地方都市も奥ゆかしさがなくなりましたね。みんなキメラのようでわたしには気味が悪い」

梶はめずらしく眉根をよせた。

「キメラ、ですか？」

中山がしばし言葉をのんでいると、そばで松沢がぼそぼそといった。

「ライオンと蛇、それにヤギがくっついた怪獣」

梶はうなずき、愛飲しているふるさとの地酒を口にした。

料亭のにぎわいが奥の部屋までとどいてくる。雪見窓から夜桜がながめられ、春宵一刻の気分である。梶は舌がなめらかになった。

「日本人は外来文化をたくみに重層化させて日本特有の文化を築いてきました。人づくりでは、欧米のキリスト教の役割を果たしたのが修身です。残念ながら軍国主義に利用されてしまいましたが、内容は不易そのもの、人間形成の土台ですよ。ところが戦後、GHQの民主化政策で、修身どころか道徳教育さえもなおざりにされてしまった。人間としていかにあるべきか、これを教えかつ学ぶことが学校の基本的な目的ですよ。いま、いじめはもちろん、じつにいろんな問題が噴出していますが、道徳教育をおこたってきたことが背景にあります。まずは早急に義務教育から順を追って、道徳を教科として位置づけなければなりません」

と梶は教育再生会議の委員の顔になって持論を開陳した。この会議の模様はそのつど報道されている。各界の著名人と同席している梶のすがたをテレビでみて、野瀬はわがことのように誇らしく思っている。かれは常日頃から感じている物足りなさを口にした。

「時代がちがいますから、軽々に比較はできんでしょうが、幕末から明治時代のリーダーの生き方には胸をつかれます。殉死の乃木大将や城山で切腹した西郷さんは、筋金入りの覚悟とモラルがありました。政財界のリーダーにはそのような気迫を感じない。国家や教育への見識も乏しい気がしてなりません」

「安倍総理は別格として、リーダーが小粒になりました。経済的にあるいは社会的に成功することが人生の価値だと教えられてきた世代の勝ち組が、企業を経営し国造りをしている。こんなことでは、皇紀二千六百年という歴史と伝統のある日本の国柄はなくなってしまいますよ」

梶はいささか乱暴に決めつけ、日本の行く末を憂いてみせた。

松沢が梶の持論を誘導するようにいった。

「占領時代の3S（スクリーン、スポーツ、セックス）政策で、日本人は変わってしまった、ということでしょうか」

「アメリカの占領政策はまことにたくみでした。日本人は享楽をもとめ、主体性をなくしてしまった。その最たるものが憲法です。三大原理はまもらにゃいけんが、GHQの若手将校がつくった、おかしな文章の条文をちゃんとした日本語になおそうとさえしない。日本のデモクラシーはまだまだ未熟ですよ。憲法の文言ひとつかえることのできない状況は、衆愚政治そのものです」

と梶が改憲のことをもちだし、野瀬もすぐに反応した。

「アメリカの属州のようにいう者もいます」

「そのとおりです。戦後、占領軍に魂をぬかれ、この先、沖縄は中国の支配下にはいるかもしれません。もしそうなれば、ロシアが北海道をよこせ、ということになる。そうならないために、防衛力はもたなければならないが、それは必要条件であって十分でありません。平和を守るために日本は、隣国はもとより世界から尊敬されなければならない。尊敬される日本と日本人、それは何にも難しいことではありませんよ。新渡戸博士が世界に知らしめたサムライの精神、武士道や大和心を何よりも大事にするということです。つまり日本人が道徳において尊敬されることで、平和を保持し、国際社会で名誉ある地位をしめることができるのです。だから道徳なのです。道徳教育を充実させることが今日の喫緊の課題なのですよ」

梶はまるで教育再生会議の席上のように熱弁をふるった。文部行政の第一線にいた高級官僚の自負が言葉のはしばしににじみでていた。野瀬はかなり現実離れをし、観念的すぎる理想論を拝聴しながら、教育を知らない銀行家の自分にどうせよ、というのだろうか、と思案していた。すると梶は、最後にこのようにいった。

「学校教育で教科として位置づけるためには、学校現場の先生方がその気にならなければならない。上からの押しつけではダメです。それでまず、この愛媛の現場から気運を盛り上げねばなりません。知事選では個人演説会で有権者に直接訴えることができましたが、公職を引いたいま、道徳教育で先生方にじかに語りかける場所も機会もありません。そこで野瀬さん、あなたの力をお借りしたい、それがこの梶守行の相談事です」

梶は背筋をのばし、まじまじと相手をみつめた。

「先生方を前に、道徳教育のお話をしたい、ということでしょうか」

野瀬は梶の意向を具体的にたしかめた。

「学校の先生方が熱い気持ちにならないといけない。だからわたしは先生方に語りかけたいのですよ。道徳の教科化はまったなしですから、できるだけ早いほうがいい」

明日にでも、といった勢いで梶は意欲満々である。

まあどうぞ、と酌をしながら、ときわ会に動員をかければときわホールを三千人の聴衆でいっぱいにする自信はある。が、対象は教員である。どうすればよいのか、野瀬は即答しかねた。

よこから松沢が口をはさんだ。

「うろ覚えですが小中学校で九千人、それに県立学校で四千人、あわせて一万三千人ほどですから、みんながあつまると東京ドームぐらいの会場が必要ですよ」

梶は破顔一笑すると、野瀬へむかっていった。

「道後に県の教育会館がありますが、その中に教育振興会がはいっています。理事長は田名部修といい、不肖、この梶の思いをよく知っている人物です」

「田名部理事長ですか」

「ええ、県では教育部長をやってくれました。いまは道後で教育界全体のお世話をしていますよ」

「道後ですか、一遍さんのふるさとですね」

「そうです、一遍上人こそ、日本の伝統文化と人間のあり方や生き方を説いた愛媛の豪傑です。お像の再興は大変意義深い」

と梶が相手の心中に気をくばると、野瀬はなんどもうなずいていた。

翌週の火曜日の午後である。松沢を会長室へ呼んだ。

新川からは、十六日なら会えるという回答がとどいていた。それで講演の中止をつたえる役を松沢にゆだねることにした。

この悠揚自在な物書きを前にして、つぎのように口説いた。

口頭とはいえ、約束を一方的に反故にすることになる。当然、悪しざまにさんざん罵倒されるだろう。新川氏は社会的に評価の高い人物であるし、当行の社歌の作詞作曲者でもある。何をいわれてもいい訳をせず、ひたすらにこらえ、最後まで礼をつくしてもらいたい。訴訟沙汰になれば氏はもとより、当行のブランドにも傷がつく。ひたすら謝罪し、キャンセルの承諾をとりつける。これは本来、役員がやらなければならんことだが、適材がいない。ステレオタイプなサラリーマンではダメだ。この大役は、文さん、あんたしかいない。

さすがに気乗りのしない表情で、松沢がたずねた。

「キャンセル料を請求されたら、どう応えますか」

「返事はしないで、もちかえってくれ」

「周年行事をいっさいやめて、お像と上人堂の造営費にあてる。キャンセルの理由はこれでよろしいですか」

「他に何かあるか」

「いえ、思いつきません。それより僕は初対面です。面識のある行員、たとえばコーラス部の者をひとりつれて行きたい。新川さんにしても、僕が相手だと不快でしんどいだけです。まるで救いがない」

「そうだな、コーラス部か。それだったら有村はどうだ、うん、そうだ有村がいいな」

野瀬はさっそく受話器をつかむと、秘書に有村を呼ぶよう指示した。それから当日の行程を松沢に説明した。

「会う場所は、横浜駅の高島屋のレストランだ。朝一の飛行機で羽田へ飛ぶ。東京支店のクルマが迎えに来ているから、それで横浜へ直行する。食事をとりながらの面談になるが一時間あれば十分だろ。同じクルマで羽田へもどり、夕方松山に帰ってくる。手配は秘書室でしておく」

「ランチ代は、こちらもちですね」

「新川さんはだすつもりだろうが、まずいランチになる。のっけからキャンセルをもちだせば、席を立つかもしれん。いずれにしろランチにはならんだろ。すまんがよろしくたのむ」

と野瀬が応えたときに、有村が会長室に顔をだした。

用件を聞いて、お会いできるのは光栄です、とすなおに喜んだ。

「穏便におさめたい。それで文さんの交渉をたすけて欲しい」

「かしこまりました。とっても緊張しそうですが、実りあるランチになるよう願いながら、同席させていただきます」

十六日の早朝、ふたりはＪＡＬで松山を飛び立った。座席は別々だったが、でかけるまでに一週間の余裕があったので、編さん室で記念誌の仕事のかたわら、なんどか打ち合わせをしていた。他のスタッフの一致した意見は、険悪な空気になるのをさけるため、ランチのあとにキャンセルの話を切りだすのがベストということになっていた。まるで「最後っ屁」である。新川先生は顔をゆがめ、ながながとクレームをいうのを打ち切り、ほうほうのていで退散するだろう、というまことに手前勝手なシナリオだった。

羽田から横浜へ向かう役員車のなかで、松沢の不安と緊張をほぐすように有村がもちかけた。

「キャンセルをいいだす前に、一遍さんのこと、話しましょうよ」

「お像をそっくり再興する、ということか」

外へ目をやりながら、松沢は気重そうにいった。

首都高速をはしる車窓には、一遍がはだしであるきにあるいて遊行に明け暮れた時代の情景とはおよそことなる世界がひろがっていた。あの時代になかったものがいまはたくさんある。晴れやかに繁栄する景観を目の前にしていると、捨てることに生きた一遍の訓えは、遠くすぎ去った世界のことのように思えてくるのだった。貧困も病もそれなりに乗りこえて、いまのつつがない日常がある。

同じ景観をながめながら、有村がひきたてるようにいった。

「この人口の景色に気おされそうですけど、『聖絵』に描かれているほうが、わたしには断然すばらしい」

「そうかなあ、田舎暮らしの僕には圧倒的な迫力だ」

「でも参与、ごぞんじのように般若心経では何もない、ないという認識さえもない、と訓えています。今日は、この世界観でランチをしましょうよ」

「心構えはいいが、およそ現実的ではないな」

「新川先生は般若心経を読みといた本も書かれています。上人像を再興する、という会長の判断に好意をもち、尊重されると思います」

「それがすんなりキャンセルにむすびつけばいいが……」

松沢はあいかわらず晴れない気分である。

三十分前に横浜高島屋のピザレストランに入った。

作家の名前で席が予約されていた。入口のベンチで待っていると、ほどなく新川がいつものハットをかぶって、ふらっとあらわれ、

「やあ由美子さん、素敵なスーツ、お似合いですね」

と有村へ気さくに声をかけた。ファーストネームでファッションセンスをほめられ、彼女は顔を上気させながら、お会いできて光栄です、と笑顔をかえした。新川は社歌のお披露目会のときよりも、口のまわりの髭がずっと濃くなっていた。面談に応じてくれたお礼を松沢が口にすると、昨夜、北海道の大沼公園の畔にある別荘から横浜の自宅へ帰ったとこです、となんでもないようにいい、ふたりへ気を配りながら、ボーイにつづいて予約席の方へかるい足取りで向かった。

ピザの注文がすむと、作家のほうから話をきりだした。

「一遍さんのお像を再興し、上人堂を造営する。いいですね。ときわ銀行さん、やりますな」

「あれ、ご存知でしたか」

「もちろん。松山には知事や市長をはじめたくさん友人がいますから。新聞記事も送ってもらい読んでいます」

作家のメガネの奥の目がいたずらっぽく笑っていた。

ふたりが上京する目的は、事前に十分察知していたのである。講演をキャンセルしたいという銀行側の申し出は、あっさりうけてもらえた。お像が再興されるのを心待ちにしている、と新川は期待を口にした。

有村の念願どおり、実りあるランチになった。彼女は作家がひもとく般若心経に耳をかたむけうなずいていた。

帰りの飛行機のシートは隣あっていた。

水平飛行にはいると、有村が上体を寄せ小声でいった。

「参与、ごめんなさい。新川先生を独り占めしてしまった」

「いや、助かった。僕は気をくれしていたから」

「気おくれだなんて、新川先生、とっても謙虚です」

「だけど、深くて鋭い……」

と松沢は寸言した。才能のかたまりのような相手である。都会から粋できらびやかな輝きを放っていた。その都会で英語を活かした仕事をしていたという有村は、ふだんはみせない艶っぽい表情にかわっていた。東京でうまくいかないことがあり、松山に帰ってきたのだ、という噂を耳にしていた。これまで、そのことに松沢は関心をもたないようにしていた。ところが名高い作家に会い、華やいだ様子の彼女を目にして、東京時代のことをいくらかでも知りたい、という好奇心が松沢のなかへもたげてくるのだった。やがて飛行機は下降をはじめ、機体がかたむくと窓から夕闇に沈む瀬戸内海が目にはいってきた。あちこちに黒い島影がみえ、入江に街の灯がともっている。松沢はまどろむような海をみつめている有村へ、もうすぐ生まれた島の上空だね、と気をひくようにいった。その島は潮風にふかれて、美味しいみかんがたくさんとれる。

空港から、松沢のクルマでいったん銀行へもどる途上、リアシートから有村が問わず語りにいった。

「個人的なことですけど、郷里に帰る飛行機から島を目にするたびに、この由美子さん、めそめそ泣いていた頃があった。今日、久しぶりに空から島をみつめていた。でも不思議ね、なんの感慨もわかないの。東京のことは、みんなすっかり空っぽになっていた」

「空っぽ、でも、思い出は残っている」

「若気の至りで、おこがましいけど、永井ふさ子の二の舞かな」

「そうですか、島の両親は心配されたでしょう」

有村は間をおかず、あっけらかんといった。

「朝、自宅をみにいったら、その人、家族に見送られ、出勤するところだった。よくあるバカみたいな話……」

「松山へ帰ったら、一遍さんが待っていた」

と、松沢は話を転じた。

「そうですね、空っぽの由美子に一遍さんのことをたくさんつめこんで、いまは百年誌の編さん、そして次は支店長を目指してがんばります。まあそんなところかな、よろしくお願いします、参与」

有村は冗談めかして、しめっぽい話をふき消すようにいった。

教育界の一大イベント

翌日の昼下がりである。

野瀬は会長室で松沢と話しこんでいた。

百年誌の進捗状況をたずねると、一年後の来年春には監修が終わるので、百周年を迎える秋より前に刊行できる、と松沢は余裕の表情である。野瀬は承知してねぎらうと、声を落とし、検査入院していた伊佐岡がS状結腸の手術をうけることを明かした。見舞いにゆくと患者は思いのほか元気なので安心している、といいながらも、順調に快癒するにちがいないが、ここしばらくは負担や心配をかけることはできなくなったと案じた。そして、上人像の再興は総代でもある伊佐岡にまかせることにしているが、梶元知事のたっての意向でもある道徳教育の講演とシンポジウムの大会は急ぐ話なので早急に取り組みたい、といった。

黙って聞いている相手に、

「銀行の業務ではないが、これはやらにゃいけんことだ」

と自らに言い聞かせ、言葉をつよめた。

「文さん、あんたしかできる者がおらんぞ」

松沢は上目づかいになって、ぼそぼそと応えた。

「やぶさかではありませんが、ひとりではできません。事務局とスタッフをそろえてもらわないと」

「百年誌と並行して、編さん室でやってもらいたい」

野瀬は有無をいわさない口調で命じ、教育界のことはよくわからないなりに、私も動いてみた、と前置きするとつぎのように話した。

伊佐岡を病院に見舞ったあと、道後の教育会館へでかけて、教育行政で梶元知事の懐刀だった田名部理事長と会った。話はすでに梶から伝わっていて、初対面のあいさつのつもりでいたところ、理事長は開催にむけての具体的なことを何点か示した。

「時期は夏休み明けの休日がよいでしょう。というのも出張あつかいではなく、先生方が自主的に参加するようにしたいからです」

と、すずやかな表情である。目じりの深いしわが、気配りのできる穏やかな人柄をしのばせている。

「休日に自主参加……、何人ぐらい見込んでいますかな」

「どうでしょう。少ないとかえってマイナスですから」

田名部は右手を頬にあて、間合いをもった。

「数百人もあつまればたいしたものでしょう」

それとなく野瀬がさぐりをいれると、

「いいえ、千人をこえないと、インパクトがありません」

と田名部は強い調子で意外な数をあげた。出張あつかいにもせず、したがって動員もかけず、千人もの先生をあつめることが可能なのか。野瀬は教育界のボスでもある理事長の柔和な顔をみつめながら、この世界のことがますますわからなくなった。理想にむかい信条や価値観を大切している世界と、何をおいても損得が優先する実業界はちがう、と察しながらも、千人というのはやはり半信半疑である。わかりきったことながら念を押した。

「主催者は教育振興会でよろしいですか」

「そのことですが……」

田名部は座りなおすと、大きな体躯を正面にしていった。

「年間行事計画にないことですから、振興会が表立って主催するわけにはいかんのです」

「あれ、そうですか。予算の関係ですか」

「それだけではありません。休日となるといろいろ問題がでてきます。形の上では民間で主催し、私どもは共催ということで全面的に支援協力する。このようにしたいのです」

言外に無用なトラブルをさけたい意向がにじんでいた。中学校用歴史教科書の採択をめぐる問題で県は裁判をおこされている。

野瀬は事情を理解し、当面の課題を二つあげた。

「千人が収容できるホールの確保と、主催者ですか」

「はい、そうなのです。ここはぜひ、会長のお力をお借りしたい」

理事長は丁重に頭をさげた。

どうやら、会長は本気でやるつもりである――。

話を聞きながら、松沢は百年誌よりもずっとやっかいな仕事だという気がした。千人はコンサートでも大きな数である。道徳教育の講演とシンポジウムとなれば、とかく唯我独尊的な傾向がつよい教員が、休日にわざわざ自費で自発的に千人も一同に会するなんてことは、高校に勤めていた経験からして考えられないことであった。義務教育でも同様ではないだろうか。もともと道徳教育に熱意がある教員をのぞけば、何かよほどのインセンティブがないかぎり、参加することはない、とそんな思いが頭をよぎる。

「ときわ銀行が主催ですね」

「いや、銀行は一歩ひいたほうがええ。主催は編さん室だ」

「編さん室？」

と松沢は思わず、素っ頓狂な声をあげた。

野瀬はそげ落ちた頬をゆるめ、楽しげにけしかけた。

「文さん、あんたが中心になって自由にやればええんよ」

松沢は思案しながら、やる方向でゆっくりと手順を話した。

「大会を企画し、県と市町村の教育委員会、学校、教員へ広報周知し、参加者を募る、ここまではできます。しかし本当に千人が参加となると、当日の運営に人手がいります。編さん室のスタッフだけではとても不可能。それに何よりもまず、主催者の名称を早急に決めないと動けない。名称は大会の看板です。ときわ銀行百年誌編さん室とすれば、何のことやら、と笑止千万になりかねません。まずは名称を決めないと、それもしかるべきものにしないと信用されません」

うなずきながら聞いていた野瀬は、開催当日は銀行から行員をだすから人手の心配は不要だといいながら、机上のメモ帳から用紙を一枚ひきぬいた。そしてボールペンでなにやら書きこみ、その用紙をさしだした。松沢は目をおとし、

「えひめふるさと塾、ですか」

と、声をだして読み、不思議そうに顔をあげた。

なかなかよい響きである。

野瀬はたたみかけるように説明した。

「頭取のときに塾を開講したが、それどころではなくなった。それでヒマになったらもう一度やってみたいと思っていた塾名だ。私は塾の顧問、文さんは塾頭だ。この塾の最初の仕事は、編さん室のスタッフで実行委員会を組織して今回の大会を主催することだ。編さ

ん室には塾用の電話とファクシミリを設置する。事務的なことは編さん室のスタッフが兼務する。大会リーフレットのデザインや印刷は業者を使えばよい。費用のことは一切心配するな。それと市や町の教育長に会うときは役員車をだすから、運転手つきで行ってくれ」

メモをとりながら聞いていた松沢が自問自答した。

「教育会館へなんども出向くようになると思いますが、ここは近いので道後まで路面電車にして、あとは歩きます」

野瀬は目元をやわらげ、さとすようにいった。

「文さん、役員車は相手への敬意だ。下駄ばきやはだしでは失礼になる。理事長は大会の要じゃないか。だから役員車だ。それから会場のことだが、ときわホールの真珠の間に決めた。ここだと最大千五百人収容できる。千人以上の先生があつまれば成功、愛媛の教育界の一大イベントになるはずだ。これからは田名部さんと連携をとってすすめてくれ」

野瀬の眼は熱と光をおびていた。

「真珠の間に、千人ですか……」

立ちはだかる目標へいどむようにつぶやくと、松沢は腰をあげた。

教育会館へ二度三度とでかけて田名部理事長に会い、テーマと趣旨のすりあわせをおこない、シンポジウムに登壇する論者（シンポジスト）三名が決まった大会要項案を松沢が会長室へもってきたのは、五月の連休明けだった。

　要項の一番上に、大会のキャッチフレーズとなった、「ふるさと愛媛の明日を拓く」の文句がひときわ大きな字でならんでいる。要項では進行順に、大会実行委員長あいさつ、市長あいさつ、そして知事メッセージとつづく。それから教育再生実行会議委員の肩書で梶守行が登壇して大会の眼目である基調講演をおこなう。この講演での提案をうけて、シンポジウムが開催される。総合司会は田名部修理事長、シンポジストは小学校と中学校を代表して現役の校長がそれぞれ一名、そして教育行政に長年携わった経験のある松山市教育委員長が加わって計三名である。また基調講演をした梶委員は、コーディネーター役で討論と対話に参加することになっていた。期日と時間は九月六日土曜日の午後一時から三時半、会場は道後温泉に近いときわホール真珠の間、参加申し込み期限は八月二十九日の金曜日まで、自由参加で参加費は無料となっている。

　要項案に記された事柄はすべて、大会実行委員長である野瀬がすでに承諾をしていた。ひとつひとつ確認して野瀬は目を上げた。

「ここに記載はないが、大会全体の進行役を決めんといかんな」

「それでしたら、有村にまかせようと思います」

　と松沢は即答した。大会のキャッチフレーズの考案者でもある。

「そうか、いいな。彼女は声にも華がある」

目じりをやわらげて同意すると、こんどはハッパをかけた。

「これで器はできた。塾頭の文さんが汗をかくのはこれからだ」

「はい、できるかぎり動いてみます。大会リーフレットとポスターは今月中旬までに作成します。それから田名部理事長にも仲介の労をお願いして、六月中旬までには県下の主な市の教育長にお会いし、教育委員会へも出向き参加をよびかけます」

「それはご苦労さん、で、先生方への周知はどうするつもりだ?」

そのことですが、と松沢はあらたまった。

「小中の教員数は県下全部で一万三千人です。これはさすがに多い。それで道徳の授業をしているルーム担任へ各学校を通して、リーフレットが届くようにします。県下の小中学校四百十校の学級数の合計は三千七百です。すべての小中学校へ大会のポスター二枚、それとリーフレットは各学校の学級数だけ配布します。この方法ですが、こちらからときわ銀行専用の配達便で県内にある七十四支店へ届け、今度は支店のほうからエリア内の小中学校へ直接持参するようにしたいのですが、可能でしょうか」

「なるほど、よくわかった。配布方法については企画とふるさと振興部の部長にさっそく話しておく。具体的なことは、文さんが二人の部長と打ち合わせてくれ。支店長は必ず校長に直接会って趣旨を説明し、手渡しするよう、この点は徹底させろ。まあ、それにしても三千七百人の先生方が道徳教育をされているとはなあ、愛媛の先生方は大変真面目で熱心だと聞いているから、三分の一でも千人をこえる。参加者の数の心配はいらんな」

野瀬はすっかり安心した様子である。

「会長、三分の一は、ちょっと期待が大きすぎます」

と松沢が水をさした。先生方は休日を一日つぶして自費で参加することになる。教育のために、という漠然としたインセンティブだけでは、参加者は松山市内とその周辺に限られ、おそらく二十分の一、二百人にも満たないのではないかと松沢は推測している。

ところが、経営者として銀行業務にとことん厳しく、辣腕をふるった野瀬も教育となると別人だった。一九五〇年代後半のことだが、小学六年生のときのクラス担任を生涯の恩師と仰ぎ、中学と高校の野球部の監督だった教師をいまも敬慕しているかれは、先生への信頼と期待が大きい。松沢の懸念を払しょくして断言した。

「なに文さん、四分の一でも九百、五分の一でも七百をこえるじゃないか。この数に校長や教頭先生が加わるなら千人はかたい」

年相応に痩せはじめているが、野瀬の顔は自信にあふれていた。松沢は不安を自分のなかに封じこめ、参加申し込みの方法は、学校ごとに参加希望者の役職と氏名を一覧にしてファクシミリでえひめふるさと塾へ送付してもらうことにしていると説明し、野瀬は了承した。

一遍さんに近づく

梅雨のきれ間に青空がのぞく七月の初めである。

ここ二か月近く、道徳教育の大会へむけた準備で忙しい思いをしていた松沢は、昼休みをかねて中抜けをし、久しぶりに宝厳寺へでかけた。山側の石組みが完成したと人づてに聞き、ちょっとみてみるつもりだった。まだ更地のままの境内へ足をふみいれると、焼け残った二本の大イチョウが夏空へむかい青葉を繁らせていた。つよい日差しをあびて、まわりの山や渓谷と、地中にひそんでいるさまざまないのちがむんむんと息づきはじめている。竹林の土手に組まれた長く清楚な石垣を写真にとり、境内を横切ってその石垣のほうへ行く途中で、仮設寺務所のエアコンの室外機がまわっているのに気づいた。なかに住職夫妻がいる気配がした。本堂と庫裡、それに上人堂の設計図は住職をまじえた総代会で承認されている。このあと建築業者を選定し、十二月には鍬入れ式をすることになる、と野瀬は伊佐岡からの情報を松沢へつたえてくれていた。そっと通り過ぎ、野面積み(のづらづ)された自然石をながめたあと、山門をでた。そして上人坂をくだりながら、教育会館まで足をのばしてランチをとることにした。

玄関から館内をまっすぐ進むと正面にレストランがある。ランチの時間は終わりかけで、中は空いていた。隅の席でゆっくり食べていると、唐突に背後から声をかけられた。ふりむくと理事長がコーヒーカップを手にして立っていた。九月の大会のことで、ちかぢか電話をしようと思っていたら、偶然あなたがレストランへはいって行くのをみかけた。ご一緒してよろしいかと断り、対面に腰をおろした。宝厳寺が焼け落ちてもうすぐ一年ですな、と田名部がふりかえったので、松沢は石垣をみてきたことを話した。寺は再興にむけて動きだしている。田名部はカップを脇へおき、上体をのりだして小声になると、大会の参加者のことを心配した。締め切りにはまだひと月以上あるが、夏休みになる前におおよその数をつかんでおこうと、各市の教育委員会に問い合わせてみたところ、どこの学校も希望者はきわめて少ないと回答してきた。このままだと管理職へ参加をよびかけても三百名前後にとどまりそうだ、というのである。それで野瀬会長へ五百名をこえる動員をお願いすることになるかもしれないので、お含みいただきたい、と理事長はいつもの柔和な表情をくもらせていた。

編さん室にもどった松沢は秘書に用件をつたえ、会長へ報告する時間をとってもらった。

会長室で、松沢は理事長の心配をそっくりつたえた。

「いまの先生は忙しいのじゃなあ」

心外な気持ちを隠すように野瀬はつぶやき、寂しげな表情をうかべた。

「昔とちがい、先生の仕事が各段に増え、休日なしで出勤されている先生もたくさんいます。そんな中で、わざわざ参加してもメリットが感じられない。勘弁してくれってことですね」

「なるほど、しかしまだ開催まで二か月ほどある。単純に均等割りして各校に二人、松山と周辺がもっと参加すれば千人は届くはずだ」

野瀬は皮算用して、目を宙におよがせていた。

それからコツコツと机をたたき、尖った頬をむけた。

「道徳を説くだけではいかんな。文さん、参加したほうがよい、と先生方に判断させるにはどうするかだ」

松沢は率直に応えた。

「それはインセンティブですよ。企業でいえば報酬や昇進、インセンティブを高めてやれば参加者がきっと増えます」

「もっともな話だ、会場に福引でも用意しておくかの」

にんまりとしたが、目は笑ってなかった。

翌日、野瀬は田名部理事長へ電話をいれた。えひめふるさと塾の塾頭を、県の教育長のところへごあいさつに行かしたい。ついては仲介の労をお願いできないだろうか、と用件を伝えた。すると、打てば響くような反応だった。昼前に電話で回答があった。明日午後一時、義務教育課長のところへ出向いてほしいとのことである。課長がすべて段取りをした、と明るい声である。

野瀬は編さん室の松沢をすぐに呼び出した。県の教育長へあいさつに出向くように指示し、そしてすまなさそうに自戒した。

「これまで何度も経営戦略を考え戦術を練ってきたが、こんどの大会では、参加者の数にとらわれ戦術ばかりで、肝心の戦略を忘れていた。外堀はうめんといかんが、本陣をおろそかにしていたなあ」

野瀬の言い回しにならって、松沢も口惜しそうに応えた。

「こちらも遠征ばかりで、インセンティブといいながらも本丸、それも天守閣までは気が引けていました。うかつでした」

野瀬は大きくうなずくと、

「待っておられるそうだ。大会の趣旨をしっかりと話す。それだけでええ。相手はもう十分に心得ているから、参加云々はいっさい口にしないように。余談になれば遠慮なく応じる。力まず普段通りでな」

と助言し励ました。

翌日、松沢は県庁へ出向き、指定された時間に義務教育課長にあった。簡単な打ち合わせをし、課長に案内されて、教育長にあった。

リーフレットは教育長のところへも届いていた。松沢が大会の趣旨を縷々話すと、私も勉強したいので、参加させていただきます、と教育長は重々しくかつていねいに意思を伝えてくれた。

宝厳寺の炎上からちょうど一年たった、八月十日の日曜日である。

野瀬が自宅でくつろいでいると、伊佐岡から携帯に電話があった。朝から道後にある檀家のホテルで総代会があり、みんなで昼食をすませて散会したところだが立ち寄ってよいか、と都合を訊いてきた。かれは退院して大学に復帰しているが、自宅にはここしばらく来ていなかった。この春、手術で入院する前に、冬をこした庭の草木の様子をみに来てくれたのが最後である。食堂にいた千代子が立ち上がり、応接間の冷房をいれて玄関を整えると、台所でごそごそ客人をむかえる準備をはじめた。野瀬は読みかけの一遍上人に関する本を閉じた。待ちきれず居間をぬけだし庭へでた。門へつうじる小道の甘夏が今年もたわわに実っている。みつめていると、一遍上人が悟りをひらいた窪寺閑室跡を訪ねたときのことが脳裏をよぎる。稲原をふきわたる風の音を聴きながら、千代子がもたせてくれたおにぎりを伊佐岡とふたりでかじっていた。あのとき宝厳寺が燃え、上人像は炎につつまれていた。

駐車場でクルマの停まる音がした。門扉を開いて表へでると、伊佐岡がひどく緩慢な動作でクルマからでてきた。顔があい、ちょっとご相談したいことがある、と屈託のない笑顔をつくった。電話でちょくちょく話を交わしているが、会うのは手術後に見舞って以来である。四角い顔の肉が落ち、身体はひとまわり小さくなったようにみえる。

応接間で、伊佐岡は千代子が差しだした冷たいおしぼりで汗をぬぐい、自家製の梅ジュースを味わいながら、庭の柑橘と窓ごしにながめられるサルスベリのことを話題にした。それから野瀬とふたりきりになると、話は総代会のことになった。住職は体調が悪くて欠席していたという。盆の供養に必要な卒塔婆は、佳子夫人が六月から書き始めいて何とか間に合ったが、檀家まわりは僧侶の資格をもつ夫人だけでは手が回らないので、県内の内子にある時宗の願成寺に出仕をお願いしているとのことである。

「寺を焼いてしまい、心身ともによほど堪えたのだろう」

と野瀬は住職のことを気づかった。

「これまで長い間、一心にお勤めされていたから、どっと疲れがでたのでしょうな。お寺を再興し、本山から法主様をお招きして落慶法要せにゃいけん、というのが口癖になっておられるが、なかなか床上げにはならんので、本人もつらいことですワ」

「住職、入院されているのか？」

案じて、野瀬がそっとたしかめた。伊佐岡はあっさり、国立がんセンターだと病院名をもらした。去年からでたりもどったりなのだという。

「どうもいかんらしい、膵臓で、だいぶすすんでいる」

メガネのレンズをハンカチでふきながら、しんみりこぼした。

冷房のせいなのか、そういう伊佐岡の顔も生気がなく、声も枯れていた。がんの転移はなかったようだが、手術後も薬はのんでいると聞いている。お互いに退職して自由の身になったら、元気なうちにふたりで一遍ゆかりの地をめぐってみたいなあ、とそんなことを先日も電話で話しあったばかりである。

かれがもってきた話は、一遍上人堂のことだった。中にお像を安置するだけでなく、内壁に複製した一遍聖絵の画面をいくつか掲示し、その下のショーケースにわかりやすく解説した説明パネルをおさめて、拝観者が聖絵もじっくり鑑賞できるようにしたい、という総代会からの提案である。国宝本の聖絵は総本山清浄光寺（遊行寺）の宝物館に所蔵されている。それで本山には上人堂建立の趣意をご理解いただき、国宝本の精密な複製の制作をお願いする。さいわいにもときわ銀行の寄付金で制作費は十分にまかなえそうなのである。野瀬会長の了解があれば、総代会は本山と交渉してこの話をすすめたいとのことである。

「ええなあ、お堂がちょっとしたミュージアムにもなる」

　野瀬は一も二もなく賛成した。

　あらたまった口調で謝意を口にすると、伊佐岡は会長が希望する画面を尋ねた。聖絵からは五つ選ぶことになっている。

「それは学者や研究者のみなさんにおまかせするが、あえていえば修平さんに案内してもらった窪寺の閑室跡かなあ。一遍さんの勉強をはじめたばかりだったから、いろんな思いがある」

「承知しました。しっかり受けとめておきます」

　伊佐岡はうなずくと、今後の大まかな予定を話した。十二月の鍬入れ式の前までに本山へ複製制作の承諾をとることにする。五つの画面の複製は、最新鋭の機器をもつ宝物館が行うことになる。年明け早々に藤原市の本山と宝物館へ出向いてご挨拶し、複製を制作する学芸員と面談して具体的なことをつめる。いっぽう上人像については、富山県高岡市の竹中銅器に発注する予定で検討中である。再興するためには、これまでに撮影された写真を数多く集める必要がある。写真家や檀信徒、それに報道機関などにも問い合わせ、協力をお願いするつもりだ。

四人の総代のなかでは若く、見識も行動力もある伊佐岡は寺からすっかり頼りにされていた。野瀬は病み上がりの盟友の健康を気づかいながらいった。

「修平さん、大学は九月いっぱい夏休みだろ、あんたもゆっくりせんといけんぞ。上人堂とお像の再興は百年も千年も先をみすえて、一遍さんの思いを伝える事業じゃないか、あせらしいのはいかん。銀行としても金だけだせばええ、とは思ってはおらん。困ったことがあったらなんでもいってくれ。一緒にやっていこうじゃないか」

「はい、無理して大学へでていましたから、夏休みは休養です」

「それがええ、私も道徳教育の大会が終われば、休暇をとる」

夫婦で伊豆へでかけ、断食道場に逗留するつもりでいるが、プライベートなので、だれにも知らせてはいない。野瀬は体重をさらに落とすことをひそかに目論んでいて、道場はその一里塚にもなっていた。

伊佐岡が大会のことにふれた。

「近づいて来ましたが、参加者は目標通りになりそうですか」

「県の教育長が参加ということで、ガラッと変わった。まあいわば忖度（そんたく）の連鎖だな、どんどん増えている」

「本県の先生方はまじめですからね。千名、いきそうですか」

「教育会館の理事長の見積もりでは、千二百……」

「それはすごい、会場いっぱいだ」

「梶先生も委員として、さぞ鼻が高いだろう」

そういう野瀬も、日々気持ちの高ぶりを覚えていた。

伊佐岡が乗じるようにいった。

「実は本山の宝物館が、絵で見る一遍上人伝という聖絵の解説本を刊行しております。大変よいものです。会長、どうでしょう、大会資料にそえて参加者に寄贈すれば、一遍さんへの理解も深まって、道徳教育にも役立つと思います」

「聖絵の解説か、いいなあ、いくらだ」

「一冊で、ちょうど五百円です」

「千五百冊で、七十五万か、いいだろう。さっそく宝物館へ注文するよう文さんに指示しておく」

と野瀬は即決した。

お盆明けからは、編さん室のファクシミリへ参加者の申し込みが途切れなくつづいた。

締切日にその人数は千三百名をこえた。報告をうけた野瀬は、五十名の行員を会場へ派遣し、運営を手伝わせることにした。大会当日はからっとした晴天だった。昼前から、ときわホール前の電停に路面電車が停まると、どっと乗客がおりたち、まっすぐホールへむかい、真珠の間へつぎつぎとはいってきた。午後一時前、会場は教職員で満席になった。各地の教育委員会の指導主事と高校の管理職も数多く参加していて、まるで全国的な規模の研究大会のようである。進行席にいた松沢がそっと舞台裏へ合図をおくり、梶委員のたっての要望で会場に流されていた文部省唱歌のBGMがやんだ。有村が涼やかな声で、大会の開会を告げた。実行委員長が登壇して、つぎのようなあいさつをした。

「野瀬英一郎でございます。教育関係者の皆様で会場がこのようにいっぱいになりました。ふるさと愛媛におきましても、教育の再生は重要な課題となっております。ここに立ちますと、日々、教育の本来のすがたを真剣に模索されておられる先生方の思いがひしひしと伝わってまいります。今日は、安倍内閣の教育再生実行会議の有識者委員をつとめられ、提言をおまとめになられた梶守行先生の講演が大変楽しみです。ぜひご期待下さい。また基調講演のあと、コーディネーターとパネリストの先生方が登壇されます。豊富な実践と理論をお持ちの、愛媛を代表する先生方のお話しと提案を学校にお持ち帰りになられ、道徳教育に活かすことができましたら幸いです。

ところで昨年の八月十日、道後の宝厳寺が全焼し、重要文化財の一遍上人像も焼失しました。いうまでもなく一遍さんはふるさと愛媛の偉人でありますが、日本人固有の心情を深く鋭く体現した求道者でもありました。一遍さんは、人としての在り方生き方を日本人の心情にたちかえって説いております。宝厳寺の上人像は、一遍さんのこころをもっともよく表現しておりました。私どもときわ銀行は、一遍さんが今日に伝える精神的な遺産をしっかり伝承していくことを思い立ち、関係者のご理解とご支援をいただいて、上人像を再興することに致しました。宝厳寺の境内にお堂を新しく造営し、お像を安置します。あと二年足らずですが、宝厳寺落慶法要の日に間に合うよう、この事業をすすめてまいります。先生方が取り組まれる道徳教育に一遍さんの訓えがいくらかでもお役に立てば、こんなに嬉しいことはありません……」

野瀬のあいさつにつづいて、梶は再生実行会議委員の立場から、「道徳教育は大丈夫か」と題する講演を行い、これまで会議がだした第一次から第五次までの提言を縷々説明し、「教育再生の究極の目標は、世界でトップレベルの学力と規範意識を身につけさせる機会を保障することである」と述べた。そして大正時代に駐日大使を務めた詩人で戯曲家のポール・クローデルが語った言葉、「地上で決して滅んでほしくない民族は、明治の教育をうけた日本人だ。日本人は貧しいが高貴だ」や、大森貝塚を発見したエドワース・モースの、「品性や善き徳目を日本人は生まれながらにしてもっている」という日本人賛辞を紹介した。パネルディスカッションは梶委員の提言をベースに意見交換が行われ、最後に、司会の田名部理事長が、「ふるさとを愛し、ふるさとからも愛される子規さんのような子どもの育成をめざして、一遍さんの訓えの教材化にも取り組み、お互いにがんばりましょう」と大会を締めくくった。

夕方、田嶋から電話があった。つい最近、かれは外国人技能実習生支援管理組合の理事長に就任していた。隠居するにはまだ若い、と野瀬が口利きをしたポストで、拠点は松山にある。あいさつを兼ねた近況の報告かと思ったら、ちがっていた。大会のことだった。高校の校長をしている友人が参加し、感想をいってきたのでお伝えしたいという。

「一遍上人のお像を再興する、ときわ銀行が好きになった。一遍の訓えを道徳教育に、という取り組みは愛媛ならではのことだし、民間がこうした大会を主催するのは時代を画すること、おおいに評価したい、と感心していました」

「それは嬉しいな。先生方も真剣で熱意があった」

参加者が千三百人というのは、やはりすごいことである。先生方も大勢集まったことにお互いが驚いていたようである。田嶋の話を聴きながら、野瀬は充足した気分になった。話はもうひとつあった。

「会長は名高い経営者なので、どんな方かみてみたいと思っていたので、よい機会にもなった、とのことです」

「なんだ、私はみてのとおりの、老骨にすぎん」

「会長にオーラを感じたそうです」

「それはおそれいる、一遍さんではあるまいし」

「痩せておられたので、聖絵の一遍上人と見比べていたそうです。くれぐれもご自愛くださいとのことでした」

「ありがとう。よろしくお伝えくださいや」

十六年間、遊行の旅をつづけた高僧と比べるべくもないが、それでも一歩、野瀬は一遍さんに近づけた気がした。

銀河ながるるわかれ

伊豆半島の山麓にあるサナトリウムに入所し、七泊八日コースの断食をつづけ、明日はいよいよ退所という七日目の朝だった。千代子と定刻の八時にダイニングへでかけて、それぞれグラス一杯のニンジンジュースをのみながら、十時にだされる回復食の朝食のメニューのことをあれこれ話題にしていた。すると野瀬の傍にやってきたスタッフが身をかがめ、一枚のメモ用紙を差し出した。銀行の秘書室長からの伝言で、〈至急電話を下さい〉とある。携帯は入所した日からオフにしている。急用があれば、サナトリウムへ連絡するようにしていた。

ルームにもどり、秘書室へ電話をした。室長が重い声で、伊佐岡先生の訃報がたった今、遺族から届いたという。三日前の土曜日に死去し、昨日家族葬をすませた。会長の自宅の固定電話も携帯もつながらず、遅くなって大変申し訳ない、との伝言だった。

にわかに信じがたく、とにかく千代子とすぐに帰ることにした。フロントデスクに羽田まで効率よく行く方法をメモしてもらい、飛行機の手配を頼んだ。あわただしく最終便に乗り、伊佐岡の死をうけいれられないまま松山空港へ着いた。銀行さしまわしの会長車で夜道をいったん自宅へもどった。喪服に着替えながら、「修平さん、早すぎるぞ」とぶつぶつくりかえした。たかぶっていた気持ちをやわらげ、夫婦そろって道後にある家を弔問し、葬儀に間に合わなかったことを未亡人にわびた。簡素な祭壇に向かい、骨箱へ合掌した。未亡人がぽつりぽつりと話した。夕食のときなのにおりてこないので、二階の書斎をのぞいてみると、机にふせたままで、すでに息はしていなかった。救急車で運ばれた病院で死亡が確認された。死因は心臓にできた血栓が脳の動脈に飛ぶ脳塞栓症だった。春にS状結腸の手術をひかえ、万一にそなえた遺書を故人はのこしていた。それには家族葬とし、野瀬会長と勤務先の大学、それに三人の総代だけには知らせる。弔問や香典などは一切固辞するように、とあった。

目の下に大きなくまをつくった未亡人は、しんみりとこぼした。

「お寺が焼けてからは、来る日も来る日も一遍さんでした。そしたら、ひょいと出かけるみたいに、逝ってしまいました。何もいわずに、いったいどこへ行ったのか。置き去りにされたみたいです」

野瀬は大きなからだをちぢめて、ゆっくりなんどもうなずいた。

「突然でしたから、さびしさも一入でしょう。どうかくれぐれもお大事になさってください」

と有体なあいさつをして、早々と辞去した。

「わたしたちも、さびしくなりましたね」

クルマが走りだすと、千代子がしずんだ声でいった。

「お像を再興せんとなぁ……」

ぼそっとつぶやくと、野瀬は車窓から郊外の夜道へ目をやった。

一日自宅でゆっくり休養をとった。翌日出勤し、たまった案件の決裁をした。そして午後も遅くなって、松沢を会長室へ呼んだ。伊佐岡が急逝したことは地元紙の訃報掲載蘭に短く載っていた。松沢は久しぶりに会う会長へ伊佐岡逝去のお悔やみを伝えた。

「驚きました。これから再建というときでしたから」

「まだ若いからなあ、本人が一番残念だろう」

野瀬は口を真一文字に結び、目を天井へむけた。

十分な間をとり、松沢が何か御用事ですか、とうかがった。

「お像なんだがなあ、文さん、あとをやってくれないか」

めずらしく、相手の反応をさぐるようにいった。

その気になっていた松沢はあっさり承知すると、たしかめた。

「木像ではなく、銅像でしたね。制作は富山の竹中銅器？」

まだ正式ではないが、伊佐岡と総代会が検討していたところである。上人堂も造営するので、木像にもどることはない。

「三月の役員会で、木像で再興しようと決めたとき、文さん、あんた喜んでいたよな。木像のよさを書いてもってきてくれた。ほら、これだ。大事にしまってある」

野瀬は抽斗から用紙を一枚とりだし、ゆっくり読みだした。

〈木の文化のなかで暮らしてきた私たち日本人にとって、木彫こそもっとも自然で伝統のある表現方法である。木彫が醸しだす空気感、肌合い、そして深く鋭くこまやかな感性は、日本のこころを表現してこれに勝るものはない。木彫こそ日本人が歴史のなかで経験をつみかさね磨いてきた感性をよみがえらせてくれる。平成のこの時代、私たちは純粋に文化財として、一遍上人立像を再興することで、「日本と日本人のこころ」を次世代へ伝え残していきたい〉

「まさに文さんが書いた通りだ。木はいい。温かみがある」

「おっしゃる通りですが会長、ご心配なく。いまはまったくこだわっておりません。銅像で再興ですから、彫刻家の腕が肝心です。上人像の写真をたくさん集めて送ることになります」

「銅像は彫刻家の仕事か」

「はい、竹中銅器で仕事をしている彫刻家を調べてみます」

「今年の十二月の鍬入れ式までに、発注できるようにしたい。富山へ出かける必要があれば、出張扱いにする」

　野瀬はほっとした表情にもどっていた。

　伊佐岡のあとを追うように、宝厳寺の住職が遷化したのは、十月にはいって二週目の日曜日である。四日後の十五日、火葬場近くの斎場で告別式が催された。導師は尾道にある海徳寺の住職が務めた。脇僧は四名、参列者は二百人をこえた。茶道に親しみ詩歌に明るかった故人は、俳人の黒田杏子や夏井いつきと親交があり、寺が焼失する前の境内には、杏子女史の句碑、「稲光一遍上人徒跣」が建っていた。杏子女史からとどけられた弔辞を夏井が代わって読んだ。なかに弔句が五句捧げられていた。参列していた松沢は手帳にひらがなで書きとった。どの句も心に響くものだったが、とくに、「いちょう落ちつくしたる宝厳寺」と、「上人坂銀河ながるるわかれかな」の二句がよかった。この銀河は仏教の世界観である無量光、すなわち限りない智慧でもある。

　銀行にもどった松沢は、告別式のありさまを会長へ報告し、編さん室で清書した二句をわたした。

「銀河ながるる、いいなあ、大きな句だ」

　野瀬は感心して、銀河ながるるわかれかな、となんども口にした。

「いつきさんも気持ちをこめて吟じていましたね。しんとした式場のすみずみに声がゆきわたって、僕は故人が弥陀の光の方へ歩いてゆく情景を思い浮かべていました」

「弥陀の光か、一遍さんのお像もそのような光を放つようになればいいなあ。文さん、よろしく頼むぞ」

　野瀬は断食で彫り込んだような眼窩や頬をまっすぐ松沢へむけた。

　小説『坂の上の雲』で日露戦争の英雄となった秋山好古と真之兄弟の銅像が二人の生誕

地に建てられ、復元された生家とともに公開されている。好古は騎馬像、真之は胸像である。この胸像のほうは竹中銅器の制作だとわかり、銀行から近いので松沢は見分にでかけた。ボランティアガイドに訊ねると、観光客には騎馬像のほうが断然人気があり、好古を背景にして記念撮影をしても、胸像のほうはめったにないという。たしかに騎馬像は躍動感があって、馬上の好古大将の表情もよい。これに対して胸像は、真之の内面の暗鬱な気分が閉じ込められているようにもみえる。兄弟の銅像は対照的だが、真之の晩年を知る松沢は胸像のほうに魅力を感じた。日本海海戦の劇的な勝利は、天佑神助だと信じるようになった真之は晩年、霊的なもの、超越的なものの研究に没頭し、宗教にひとすじの道を求め病的なまでに苦悩している。真之中将の胸像をしげしげとみいっていた松沢は、制作者が人間真之の内面を的確に彫塑していることに感心した。ありきたりな理解ではできない表情である。

竹中銅器の仕事をしている彫刻家には、地元の金沢美術工芸大学（金沢美大）の出身者が少なくない。松沢は鉛筆画で世界的にも評価の高い画家の木下晋（すすむ）に電話をした。画家は十年余り東京大学工学部建築学科でデッサンを教えたあと、長年にわたって金沢美大大学院の専任教授をしていた。この頃、松沢が書いた人物評伝の本が出版社から木下のところへ贈られてきた。どういうことか、かれは本の内容にひどく感動し、松沢に会うため、出版社で連絡先を教えてもらい、わざわざ松山へやってきた。以来、ふたりの交流がつづいている。

「かなびの彫刻出なら、みえないものも表現できる」

と富山市生まれの木下は勤めていた美大を愛称で呼び、彫刻科で学んだ卒業生の力量をそれなりに評価した。卒業生たちの進路先のことを尋ねたが、木下はよく承知していないといい、金沢に住んでいた時分に親しくしていた女の思い出話をはじめた。それはいつものことなので、松沢はほどほどに相槌をうち、電話をきった。木下が請け合うのなら安心だった。かれは制作者を金沢美大出の彫刻家に限定し、竹中銅器へ上人像の再興を依頼することにした。野瀬は松沢の意向を認め、総代会は了解した。

十二月下旬の月曜日の朝である。年末の挨拶に訪れる顧客や取引先との応接を午後にまわし、野瀬はふるさと振興部の部長を随行して宝厳寺へでかけた。先に来ていた松沢に迎えられ、一礼して山門をくぐった。二本の大イチョウの幹の間に、紅白幕をつけたテントが二張り立てられ鍬入れ式の会場が設営されていた。責任役員をしている総代が丁重に野瀬を迎え、指定の席へ案内した。檀信徒、建設関係者、一遍研究会、道後地域の住民など四十名余りがイス席をうめていた。式に先立ち、責任役員が宝厳寺の兼務住職をしばらく務めることになった海徳寺の川崎玄倫師を出席者に紹介した。住職による焼香と勤行のあと、報道機関のビデオがまわりフラッシュを浴びる中、最初に野瀬が慣れた所作で、「えい、えい、えい」と声を発し、盛土に鍬入れをした。焼失から一年四か月、宝厳寺は再建へ向けて一歩を踏みだした。順調にすすめば、来る二〇一五年二月に基礎工事、七月の初旬に本堂、そして下旬には上人堂の上棟式を迎える。上人堂の竣工はこの年の十一月で、そのあとミニミュージアムにするための内装工事を行うことになっていた。再興した上人像が堂内に設置されるのは二〇一六年三月の予定である。また同じ頃には庫裡が完成し、アパート住まいをしている住職の遺族が入居することになる。そして本堂と上人堂の落慶並びにお像の開眼法要は、この年の五月一四日に催すことになった。ちょうど一年半後のことである。

式後、銀行側からは会長と松沢、お寺からは住職と責任役員がテント内の長机で、お堂の内壁に展示する『一遍聖絵』の五つの画面のことでうちあわせをした。野瀬が伊佐岡に伝えていたものもふくめ、それぞれの画面はすでに宝厳寺から遊行寺宝物館へ複製の申請をし、許諾されていたので、そのこととの念押しである。またこの席で、住職は独自に集めたお像の写真と動画を制作者へ提供したいので、会長と松沢が彫刻家と会う際に渡して欲しいと申し出た。年明けの一月中旬、二人は上京し、富山からやってくる竹中銅器の専務並びに彫刻家と面談することになる。その翌日はホテルから東京支店さしまわしの役員車で藤沢市の遊行寺宝物館へ直行して聖絵を鑑賞し、さらに許諾をうけた五つの画面について、学芸員から説明をうける予定である。

宝厳寺からの帰途、野瀬は松沢をクルマに同乗させた。

ゆっくり上人坂を下ると、家屋がとりはらわれ、更地にかえった地所が枯れた段畠のようにみえる。目をやりながら、

「銀河ながるるわかれかな――」

と、中山は例の献句のさわりを口にした。

西の空の雲の切れ目から、薄い青空が広がっていく。

「すっかりお気に入りですね」

「わかれ、わかれして今年もゆく、ということか」

「身近には伊佐岡さんと、長岡住職が旅立たれました」

「うん、それにしてもなあ、修平さんは……」

言いよどんでいると、クルマは坂をおりきって左折した。野瀬は両腕を組んで前をみつめ、黙りこんだ。

新春恒例の初釜から帰った翌週の水曜日である。東京ドームホテルのロビーラウンジで、野瀬は竹中銅器の専務と会い、彫刻家の田淵信夫と松沢のやりとりをそばで聴いていた。

ほとんどがモノクロだが、さまざまな角度から撮られた三十枚ほどの写真と海徳寺の住職から預かったDVDがガラステーブルの上におかれていた。焼失前の宝厳寺の写真もある。松沢が説明をくわえると、田淵は一枚一枚手にしてみつめなおし、メモをとった。指でかきむしったような蓬髪に着古した薄茶のブレザーで上体をかがめている。向かいに座っている野瀬のことは眼中にない様子である。

田淵が写真とDVDを茶封筒にいれ、手提げ鞄に収めるのを目でたしかめると、こんどは専務が会長のほうへ顔をむけた。かれは持参したパンフレットをつかい、胸像制作の工程をかいつまんで紹介した。双方ともにとくに尋ねることはなく、面談はひととおり終了した。

気持ちをほぐすかのように四人は、世間話を交わした。それから松沢が田淵に木下晋のことを訊いた。木下先生が赴任されるよりずっと前に卒業しているので、自分は直接教わることはなかったが、画家木下の鉛筆画には衝撃をうけた、と田淵は即座に応えた。画家が十数年前に出版したペンシルワーク、『生の深い淵から』は今でも傍においているという。

松沢は弾んだ声をだした。

「その本なら、木下さんから贈られてきたので、僕もときおりだけど画をながめ、エッセイを読んでいます」

田淵は一瞬、意外な表情をうかべたが、

「ゴゼの小林ハルの肖像画は最高です。鉛筆なのに色彩がありますね。それに画もすごいが、エッセイもいい。東大の建築科の学生とのやりをこんな風に書いていました」

というと、会長と専務にそのエッセイを手短に紹介した。木下はデッサンを教えていたが、かれには難病にむしばまれ横臥する二十一歳の女性を描いた画がある。それをみせると、同年齢の学生たちはみんな強いショックをうけた。木下はそんな学生たちに「闇の体験」を語ってもらった。みんなそれなりにうち明けたが、耳にピアスをした学生が興味なさそうに、「僕には闇はありません」といった。木下は、「あのね！　闇というのは光があって初めて感じるものなのだ。君は闇のなかにだけいるから闇を感じないんだ」と諭すと、学生は狼狽しておもてをふせ、教室はしんと静まってしまった。

「みえないものをみえるように表現する。芸術の役割です」

田淵は彫刻家の顔になって自戒していた。

翌日、二人は遊行寺宝物館の館長を表敬訪問した。

一遍聖絵を拝観したあと、学芸員から丁寧で詳細な説明をうけた。複製する五つの画面は年代順につぎの通りとなった。

○伊予の生家を出立する一遍上人　一二五一年（建長三年）

幼名随縁、このとき十三歳。九州大宰府の上達上人を訪れる。
○伊予の窪寺の閑室　一二七一年（文永八年）
二河白道図を掲げ念仏三昧に明け暮れ、衆生済度を志す。
○伊予国菅生の岩屋寺に参籠　一二七三年（文永十年）
崖の上の岩屋に籠り、翌年、諸国修行の遊行の旅へ出る。
○京都四条の釈迦堂で踊り念仏と賦算　一二八四年（弘安七年）
念仏札を受け取ろうと、貴賤上下群れをなす盛況である。
○兵庫観音堂にて往生　一二八九年（正応二年）
一遍上人の臨終、五一歳。観音堂の松の根元で荼毘に付す。

えひめふるさと塾

六月の初旬に四国は梅雨入りしたものの、雨は少なく曇り空の多い日がつづいていた。その日のこと、出勤してほどなく、竹中銅器の専務から野瀬へ電話がはいった。唐突で大変恐縮なのだが、来週火曜日の二十三日に銀行へ出向きたい。通常は銅像作家が制作した粘土の原型を作家のアトリエでお客様にみていただき、ご意見や要望などを聞いて修正し、原型を完成させる。しかし今回、彫刻家の田淵は思うところがあり、原型制作に先立ち、実物の五分の一のミニチュアで一遍上人像をつくった。このミニチュア像をどうしても会長と頭取、それに松沢参与におみせしたい、と熱望するので銀行に持参することにした。富山市から松山まで高速道路で八時間、交互に運転すれば朝四時に出発して午後二時には着ける。ご都合はどうか、ということである。およそビジネスからかけはなれ、彫刻家の純粋な意気込みが伝わってくる申し出だった。野瀬は快諾した。

松沢のほうは、九月十六日の創業百周年記念日を間近にし、記念誌の最終校正に追われていた。ここ二か月余り専念しており、校了日は六月末日である。印刷製本業者は八月一日をめどに、できあがった箱入りの分厚い記念誌を銀行に納品し、同時に銀行が提出したステークホルダーへ順次発送して記念日までにゆきわたるようにする。銀行は恒例の記念行事はとりやめたが、記念日当日は本店のホールに長年の顧客と役員ＯＢを招き、支店長をくわえた二百名余りで式典を催すことになっていた。社歌斉唱のあと、頭取が式辞を述べ、松沢がスライドを映写して百年の歴史を話す。これで社歌の制作からはじまり、足かけ四年余り費やした百周年記念の大仕事は終了する、と野瀬は承知していた。ひとくぎりすれば、今年も伊豆のサナトリウムで断食する予定である。

そんなことに思いをめぐらせながら、編さん室へ電話をした。すぐに有村の大人びた声

が返ってきた。校正作業をねぎらうと、彼女はかしこまった様子で、

「参与でしたら、本堂と上人堂の棟上げが近くなったので、宝厳寺へ写真を撮りに出かけています。落慶法要までの記録を残すおつもりのようです。お電話をいただいたこと、お伝えします」

　とそつなく応えた。

　野瀬は富山からミニチュア像が来る日時を知らせて、松沢と一緒にみにくるように指示した。

　二十三日の午後、遠来からの二人は疲れた様子もみせず、予定どおりの時刻にやってきた。雨を心配していたが、北陸も四国も道中はずっと薄曇りで走りやすかった、と二人は八百キロの距離を感じさせない表情である。大きな窓のある応接室で、野瀬は頭取と一緒に高さが三十センチほどのミニチュア像を鑑賞した。

「ずっと、温めておりました。やっとモチベーションが高まり、まずはミニチュアをつくってみることにしました。どうでしょうか」

　田淵は桐箱から出して、梱包材と像を覆う布を慎重にとりはらった。

　お像があらわれ、合掌した両手が野瀬のほうへむけられた。

「ほう、これですか、いいものですな」

頭取が上体を前にのりだし、卓上の上人像にみいった。絵画鑑賞を趣味にしている頭取は、目を細め感慨深そうにみつめると、彫刻家へいたわりの言葉をかけ、所用のため席を離れた。

ほどなく、松沢と有村、それにふるさと振興部の部長が応接室にやってきた。田淵は、このミニチュア像がかもしだす空気感をそこなわないよう、じっくり時間をかけて原型をつくっていくと話した。専務はどんなことでもご指摘願います、とみんなをうながした。

痩せ細った面差し、つりあがった目、高くとがった鼻筋、いまにも念仏が聞こえてきそうな口元、破れた法衣、ひきしまった両脚と一歩前へふみだした跣の足、ミニチュアとはいえ上人像が微に入り細に入り再興されている。

松沢は造形に迫力があるといい、部長は粘土とはとても思えず、古色蒼然とした色調は骨董のようだと褒めた。

有村がためらいがちにいった。

「あのう、時代が、すこし……」

「時代？　といいいますと」

彫刻家が問い返した。

「一遍さんは鎌倉の末期、お像がつくられたのは室町の中期。わたしの印象ですけど、このお像の空気感、平成のように感じます」

　と有村がいうので、みんなはあらためてミニチュア像をみつめた。

「樹脂粘土でつくり、アクリル絵の具で絵付けしていますから、これはあくまでも見本です。銅像になると、ちがってきます」

　と専務がいうと、お像を凝視していた田淵がじっくり顔をあげ、

「時代の空気感ですか。たとえばどのようなことでしょうか」

　とくぐもった声で有村へ問いかけた。

「うまくいえませんが、人々のいのちがむきだしになっているような、澄んだ空気感を聖絵や一遍上人像に感じていました。それでつい、口にしました。生意気なことをいってすみません」

「むきだしのいのちと、澄んだ空気感。一遍さんの時代のことをもっと勉強して、銅像では表現できるようにします」

　と田淵は素直に応え、ふたたびミニチュア像へ視線をもどしていた。

　ひと月後の七月末に百周年記念誌が完成し、伊佐岡のいない夏の八月が過ぎ去り、九月の周年記念式典も無事に終わった。

　伊豆へでかける前日である。

記念誌編さんの残務処理をしている松沢が、会長室へ顔をだした。編さん室のスタッフは道徳教育の大会を主催したときに最大六名だったが、いまは松沢と有村だけの二人になっている。

松沢は正面に立って背筋を伸ばすと、

「やりがいのある仕事で充実した毎日でした。感謝をしています。ありがとうございました」

と、いきなり退職のあいさつをした。

一瞬、野瀬はキョトンとしたが、イスをすすめるといった。

「すまん、心配させたな。まだいってなかったが、これからが本番だ。文さんの力がいる」

松沢は怪訝な表情で首をかしげ、ぼそっと応えた。

「銀行の仕事は、まったく何もできません」

「文さんの仕事がある」

「僕の仕事、何でしょうか?」

松沢が尋ねると、野瀬は書棚の茶壺へ目をやり、

「お像の再興だけでは、中途半端だ。そうは思わないか」

「聖絵を展示した上人堂も造営されます」

「うむ、そこでだ。一遍さんが蘇るのを機会に、編さん室をえひめふるさと塾とし、ここ

から一遍さんのことを発信したい。どうだ、文さん、有村さんと一緒にやってくれないか」

しばし沈黙していた松沢が、張りのある声でいった。

「それは、つまり、銀行のフィランソロピーですね」

「まあ、そういうところだ。どんなことができるか、月末までにふるさと振興部へ企画を出してくれ。楽しみにしている」

野瀬は晴れやかな顔でいった。

サナトリウムに入所して三日目、経営者でもある医師の診察をうけた。体重は五十五キロにまで減り、千代子も銀行の役員たちも、痩せすぎではないかと心配するようになっていた。どこか悪いのではないか、という声も大きくなった。朝は生姜ジュースと玄米のお粥に味噌汁、昼はざるそば一枚、夕食は玄米一椀に千代子がつくった料理はなんでも食べるようにしているが、必ず腹六分目で箸をおくようにしていた。空腹をおぼえることはない。四年前、このサナトリウムで断食療養をはじめたとき八十キロ近くあった体重は二十五キロも落ちている。しかし年相応に元気で身軽い。いたって健康である。

「ここまで、よく落としましたね」

断食と一日二食を推奨している医師は感服している。

「おかげさまで目標どおりの体重になりました」

「夜は眠れますか」

「布団に入ると、朝までぐっすりです」

医師は艶のある頬をゆるませ、背中をみせるようにいうと、ゆっくりていねいに聴診器をあて、左右の広背筋を指二本でかるくたたいた。

「背丈がありますから、いまの体重が一番です。これ以上は減らさないことです」

「あと五キロぐらい減量しようと思っています」

向き直った患者に医師はいった。

「おやめなさい。そこまで減らすと、もう枯れ木ですよ」

「枯れ木ですか、実も葉っぱも落として、裸ですな」

「外見はともかく、減量が過ぎると胃が小さくなって食べられなくなります。高齢での痩せすぎはよくありません」

医師は語調をつよめ、いましめた。

不承不承ながら患者が合点すると、医師は尋ねた。

「痩せねばならん理由でもおありですかね」

「いや、なにもありはしません」

野瀬はぎゅっと口元をひきしめ、医師から目をそらした。

忠告をうけいれたわけでもないのだが、伊豆から帰ると、ふだんと同じ食生活をつづけた。毎朝計るようにしている体重は五十五キロで変わらない。周囲もひどく痩身で頬骨が尖り、顎まわりが細くしぼんだ会長の容姿に見慣れたようであった。

十一月初旬、野瀬はふるさと振興部からあがってきた稟議書と添付書類を読んだ。えひめふるさと塾でウエブサイトを開設し、一遍上人のまなざしから現代社会をみつめてみよう、という提案である。「えひめふるさと塾」、「一遍上人堂通信」、「哲学カフェ一遍」、「日本のこころ」、「よもだ俳句と暮らしの点描」の五つのコンテンツがあり、それらをくくるタイトルは、「一遍と今をあるく」となっていて、このように呼びかけている。

〈一遍さんは、西行、芭蕉とならび、日本を代表する旅人です。歩きに歩き、澄みきった哲理を掴んだ日本一の哲人なのです。さあ、これから一遍さんとともに歩いてみませんか〉

さらにテーマとして、「愛、燈々無尽」のスローガンを掲げ、つぎのように述べていた。

〈一遍は末法の世の巨星でありました。一遍の哲学や思想は、日本の伝統文化の基層をなしています。夏目漱石と連れ立って道後の宝厳寺へ詣でた正岡子規は、「ここは一遍上人御誕生の霊地とかや、古住今来当地出身第一の豪傑なり」と記しています。子規のいう豪傑とは、一遍が日本人のこころを最も深く鋭く体現している、という意味でありましょう。『一遍聖絵』を読み解くと、この豪傑のなかには浄土思想とともに、日本固有の愛の絆である「無尽の精神」がながれていることに気づきます。日本人のこころの在り処を探しもとめれば、民衆と歩きつづける一遍がいつも現れてくるのです。一遍の思想や旅姿に学びながら、混迷を深める現代を「無尽の精神」で照らしてみたいと願っています〉。

提案には、野瀬の考えが見事に具体化されていた。「一遍と今をあるく」のタイトルも、「愛　燈々無尽」のテーマも人をひきつけこころに響くものがある。五つのコンテンツのあらましは、添付書類に記されていた。それぞれのコンテンツに文章、挿絵、写真、動画を入れて、見飽きない内容にしたい、と注記されていた。

松沢と有村を会長室へ呼んだ。

「全面的に支援するから、思い切ってやってくれ」

「ふるさと塾では、塾生を募り、二月に一度、講演と懇親会の例会をやります。なにがしかの出費が必要になりますが……」

と松沢が伺いをたてた。

「社会貢献だ。気にすることはない」

「あのう、あとひとつあります」

有村が間をおかずに発言した。年に一度、動物愛護の市民大会を開催したい。小学校の低学年に絵画、五年生と六年生にはいのちに関わる作文を募集し、優秀作品や応募数の多い学校を大会で表彰する。この大会では先々、いじめや介護などの問題についてもシンポジウムを開く。この内容はネットで報告や発表をしていく。

「ふるさと塾の例会以上の出費になると思いますが……」

「動物愛護の市民大会か、いじめや介護もそうだが、ぜひやってくれ。予算措置は講じるから心配するな」

　と野瀬が歯切れよく応じ、二人はそろって頭をさげた。

「ところで文さん、コンテンツに日本のこころというのがあるが」

「あっ、そこには、松沢文治のお蔵入りの小説を載せます」

「出版のあてのない小説か」

「ダメでしょうか」

「まあ文さんが書いたものだから、よいものに決まっているだろうが、読者はいるかなあ」

　冷やかし気味に心配した。

「ネットの画面は文字だけだと味気ないので、わたしが一ページごとに挿絵を描いて入れることにしました」

　と有村が助け舟をだした。

「ふーん、なるほど。文さんの小説の一番の読者は有村さんか。きっと挿絵が楽しみで読者も増え、出版社から声がかかるかもしれんな。私も読んでみるか」

野瀬はからかい半分で、二人をはげました。

二週間後の十一月中旬、高松で開催された、茶道裏千家淡交会四国地区大会で、野瀬地区長は茶道への感謝をこめながら、敬仰してやまない一遍上人への思いを胸につぎのようなあいさつをした。

〈秋が深まりますと、お茶席がなおさら恋しくなってまいります。一盌の茶をいただくとき、馬齢をかさねたせいでしょうか、緑深い四国の山々と、穏やかな入り江に面した半島の段々畑や、そこで暮らす人々の姿を思い浮かべることが多くなりました。段々畑は高度経済成長が始まる前の日本では、どこの農山村にもあった景観であり、日本人のこころがこもった暮らしの情景でありました。

耕して天に至ると言います。山肌を削って、一枚一枚積み重ねられた段々畑の天辺に立ちますと、強い絆で結ばれた人々の暮らしの日々が、厳しいがゆえに美しい景観となって迫ってまいります。一椀の茶を前にしますとき、一遍上人開祖の時宗につながる茶道は、勤勉で実直な日本人の生き方の作法を精神文化にまで高め、今日に伝えてきたものだと感じ入ることしきりであります。

花鳥風月にこころを通わせ、余分なものを捨てきった簡素な暮らしのなかに、私たち日本人は豊かな精神性を見出し、「足ることを知る」大切さを、伝統文化のなかに織り込んでまいりました。茶道こそ日本人が育んできた高雅な精神性が表現された世界に誇れる文化であります。

「一盌からピースフルネスを」、「一盌で感謝・合掌・仕え合い」のスローガンのもとに開催される本大会が、意義深く実り多い大会となりますことを願ってやみません……〉。

野瀬は地区役員会のあと記念茶会に参加し、懇親会のほうはすぐに退席すると一直線に松山へもどった。というのも昼過ぎ、随行していた秘書の携帯へ銀行をとおして、竹中銅器からの伝言が届いていた。九月に無事鋳造がおわった上人像の仕上げ作業を十一月から始めているが、像の背面につくった茶壺を納める空洞を完成させたいので、茶壺の口径、胴径、高さを念のために再度確認したい、とのことである。明日でも間に合う話だったが、茶壺には伊佐岡がかきあつめた灰が納められている。放っておけない気分になったのである。

夕暮れ時に銀行に着いた。会長室の西の窓は茜色の夕焼けにそまっていた。書棚からとりだした茶壺を机上に置き、秘書がもってきたメジャーでサイズを測った。それぞれ三十九ミリ、七十三ミリ、九十七ミリだった。桐の蓋を押しこんで壺を閉じ、手のひらにのせてみた。二百グラムもないのだが、灰のせいなのかずっしりと重い。その感触をあじわっていると、秘書が竹中へ電話をつなぎましょうか、と気をきかした。ややあって机上の電話機が点滅し、野瀬は受話器を耳にした。専務がしきりに恐縮している。野瀬はサイズを知らせた。専務がいった。

「ふつうは仕上げに一か月ほどかけますが、ご依頼のお像には職人も念には念を入れて、十二月いっぱいまで、二か月ほどかけて仕上げることにしております」

「楽しみですな、期待しておりますから」

「一月から着色作業です。弊社といたしましては、二月の中頃までには、仕上がり具合をご確認いただきたいので、弊社までお越しいただけますでしょうか。そのおりに、茶壺も銅像内にお納めしたいと思っておりますが……」

と先方が都合を尋ねた。年明け早々の初釜式がすめば、何をおいても高岡へ行きたいという誘惑にかられたがぐっと抑え、日程の調整は秘書に指示しておく、とやや紋切り型にいうと電話をきった。

一遍はしらず

二〇一六年が明けた。

食堂の壁に貼った銀行のカレンダーには、五月十四日にだけ一つ赤い丸印がついていた。

この日、宝厳寺の落慶法要がある。

二人の子どもが共に家族連れで帰省し、いつもよりにぎやかな新春だった。銀行の会長の職務だけでなく、公職も多々あるので年賀をかねた会がつづき、晦日まで気ぜわしい日々である。そうした中、秘書が先方とも調整し、高岡へ行く日が二月十八日に決まった。

夕食の前、野瀬はカレンダーにもう一つ、丸印をいれた。

食卓に配膳をしていた千代子の手がとまった。

「あら、その日は？」

「高岡へ行く。江戸の昔からつづく銅器の町だ」

「一遍さんのお像ですか」

「うむ、どんな具合なのか、どきどきするなあ」

テーブルにつき、湯呑に手をのばしながら応えた。

千代子は土鍋を煮るコンロの火を弱めてふりかえった。

「まるで恋人に逢いに行くみたいですね」

「これは仕事だ、しっかりみてこないと」

「あなたが一途なのは昔からちっとも変わらない。いまは一遍さんと減量ですね。でも遠い昔は、番茶も出花のこの千代子さんでした。和霊公園で待っていると、いつもまっしぐらに駆けて来ましたよ」

　千代子は懐かしみ、目もとをやわらげた。

「まっしぐらか、一直線の青春だ」

「午年なのに、猪突猛進でしたね」

　と恋女房は話をひろげる。それにはのらず、野瀬は手元の湯呑へ目を落とした。びわ茶を飲みながらふと、この頃ミラボー橋の夢をみなくなったことに気づいた。

「修平さんと一緒に行きたかったが、仕方ない」

「まさか、お一人ではないでしょうね」

「四人だ。お寺から責任役員の総代さん、銀行はふるさと塾の松沢と有村をつれて行く」

「そのお二人のことなら、あなたからよくお名前を聞きますよ」

　千代子は承知して、コンロの火をとめた。

　北陸新幹線の新高岡駅には、専務がクラウンで迎えに来ていた。

　白雪に輝く立山連峰を目にしながら、富山湾に注ぐ庄川の土手沿いの道を上流へしばらく走ると、創業者支援センターの看板がみえてきた。そこを右折して作業所の建物の前で停車した。シャッターを開けた大きな入口に、彫刻家の田淵が銅器着色師とならんで四人の訪問客を待っていた。西日が高く広い屋内へさしこんでいる。

招かれて数歩、中へ入ると四人はあっと息をのみ立ちどまった。

「おお、これか！」

野瀬は短く声を発していた。

再興されたばかりの一遍上人像が、床に置かれた机の上に立っていた。今にも歩きだしそうである。

「すごい迫力があります」

松沢が声をあげた。木彫と変わらない痩せ細った相貌、太い眉、深い眼窩、目頭から目じりへ鋭角に刻まれた三日月状の眼。黒漆で塗りこまれた瞳の周囲の結膜はうっすら赤く、まなざしを鋭く際立たせている。胸の前に突きだされ、合掌した両手からは光が放たれているようだ。ひきしまった両脚も寸分のゆるみのない出来栄えで、やや前に踏みだした右足の跣の親指が上へそっているところなど、拝観者が思わず手をそこへ伸ばしたくなるほど魅惑ある造りになっていた
総代は上人像の写真を鞄から何葉も取りだした。それでみんなは銅像のまわりをまわったり、立ちどまったりしながら田淵の説明に耳をかたむけ、細部をていねいに観察した。

「時代の空気感、ありますか」

彫刻家はだれにいうともなく尋ねた。

「澄んでいます。目をとじると念仏が聞こえそう」

即座に有村が感にいるように応えた。

田淵はほっとした表情をうかべた。

「一遍上人語録に、法師のあとは、跡なきを跡とす、とあります。この言葉に出合って余分な力がぬけ、お像に向かうことができました。一遍上人はお像ではありませんから」

「お像とむきあい、一遍さんを感じることが一番です」

有村はうわずった声でいうと、うなずいていた。

見分がすむと専務が周囲に声かけ、壺をおさめることになった。

机の側に踏み台が用意され、先に専務があがって、お像の背中の空洞にはめこまれていた蓋をはずした。野瀬が壺を手に台に立ち、背をこごめると、お像の中へすっと壺を差し入れた。顔を近づけ目で中を点検して、専務は空洞に蓋をした。二人にかわって着色師が台にあがり、自分の手の甲に漆をつけて色合いを調合すると、刷毛で蓋に黒漆を塗りはじめた。蓋の四辺の微妙な隙間をうめて再度着色すれば、蓋は塗りこめられわからなくなると専務が説明した。作業所の奥までさしこんでいた西日が消えて、土間の石油ストーブの火が赤々と燃えていた。

ひと月余り経った三月二十四日、高岡からライトバンで松山へ運ばれたお像は、内装工事を残すだけになった上人堂に搬入された。関係者と一緒に出迎えた松沢は、銀行へもどると報告した。

「特製の厨子に安置して、一遍さんお帰りなさい、とみんなで合掌しました。本山では本堂、庫裡、上人堂の落慶法要をとりおこなう前に、まずお像の開眼供養をするそうです」

「五月十四日だったな」

「そうです。それまでに一度、ご覧になりますか」

「いや、開眼供養のときまで、楽しみにとっておく」

落慶の前に、会長がのこのこ出かけるのは無作法だ、と野瀬は思っていた。当日は寄進者代表焼香をし、本山からは賞詞状をいただくことになっていた。

それから二日後、土曜日の昼下りのことである。

野瀬は濡れ縁にあぐらを組み、芽吹きはじめた庭の花木をながめていた。やわらかな陽をあびて、愛犬が主人の足元で丸くなっている。塀の手前の山桜が若葉にまじって白い花を咲かせていた。伊佐岡が植えた苗木が数年前には塀よりも高くなり、花の数もずっと増えている。

「あなた、風邪ひきますよ」

千代子の声で気がついた。うつらうつらしていたらしい。

「封書が届いていましたから、書斎の机におきました」

「封書、何だろう、だれから？」

「存じ上げない方です。きれいな字で表にあなたの名前、差出人の方は森佐知子ってなっていました」

「森――」

山桜へ視線をもどすと、野瀬は押し黙った。

夕食のあと書斎にこもり、手紙を読んだ。

〈突然のお便りご海容下さい。主人が家を出てから、はや十年の月日が流れ去ってゆきました。当時、すぐに帰ってくるものと思っておりましたが待てども、待てども何の音沙汰もありませんでした。さまざまな思いが錯綜する狂おしい日々が過ぎ、やがて、主人はこの日本のどこかで、新しい生活の拠点ができたら、家族を呼び寄せるつもりでいるのだ、と思い信じるようになり、その一縷（いちる）の希望にすがり暮らしてまいりました。この春、おかげさまで当時中学一年だった愚息が大学を卒業し、社会人として旅立ってゆきました。主人はどんなに喜んでいることでしょう。わたくしもやっと肩の荷がおり、安堵していると ころでございます。ふりかえりますと十年前、ただただ立ちすくむばかりの毎日でございましたところ、かつての上司で主人が大変尊敬しておりました伊佐岡修平様から、御行が設置している「ときわ育英会」の奨学金の給付を受けるように、とお話しがございました。世間様はもとより親族からも見放された母子家庭へ、温かな光が注いでくる思いがありました。どんなにかうれしく励みになったことでございましょう。爾来、わたくしは実家の近くの海産物工場で働いて今日まで、なんとか生計を立ててまいりました。ところで愚息が大学へ入学したおり、風の便りで、御行には奨学金制度は存在しないことを知りました。驚いて大学の先生になられている伊佐岡様へ事情をお伺いするお便りを差し上げましたところ、頭取であられた野瀬様がわたくしたちのことを伊佐岡様へ相談され、内密に頭取個人でおつくりになった奨学金であることを知りました。一切口外せず、主人の消息を問わず、愚息が大学を卒業するまで給付を受けて下さい、と伊佐岡先生から強く要請されました。返礼なども決してしないようにとのことでした。それで事情を拝察し、格別なご厚情に浴して十年が経ったのでございます。伊佐岡先生との固い約束がございましたが、天に召された先生もきっと御赦し下さると信じ、ここに感謝のお手紙をしたためている次第でございます。本来なら拝眉すべきところ恐縮ながら、書面にて重ね重ね厚く御礼申し上げます。誠にありがとうございました。主人もきっとわたしのもとへ帰ってくる、と願い、その日が来ることを信じております。最後になりましたが、会長様のますますのご健勝を祈念申し上げます〉。

野瀬は封書を抽斗にしまい、鍵をした。

あのとき、森をまもれなかった自責の念が蘇ってくる。伊佐岡と相談し、極秘のうえ、ささやかだが月に五万円の奨学金をまとめて年に二回、子息が大学を卒業するまで、野瀬自身が振り込むことにしたのだった。悔恨の念が少しでも失せることはなかった。それでも手紙を読み、ひとつ身軽になった気がし、きっと帰って来ると念じるのだった。

落慶法要を迎える前日の早朝だった。

愛犬と散歩へでかけようとして、突然はげしい胸の痛みを覚えて壁にもたれかかった。呼吸が思うように出来ず、ドスンと廊下に腰を落とした。キッチンにいた千代子が顔をのぞかせ、異変に気づいて夫のもとへかけよった。夫は短く息を吐きながら、胸が苦しい、と訴えた。目がつりあがり唇にチアノーゼがでている。ただごとではない。重篤な様子を察し、千代子はすぐに救急車を呼んだ。病院で自然気胸と診断され、入院して様子をみることになった。しかし左肺がしぼんだ状態はなおらず、胸腔ドレナージの治療をうけた。

高齢なので一週間、個室のベッドで安静を保った。左肺はもとどおりにふくらみ、胸の痛みもなくなった。退院に際し、再発のおそれがあるので用心するよう、主治医から忠告をうけた。三日ほど自宅で療養し、定例の取締役会にでるために出社した。午後、時間をつくり、松沢から落慶法要の報告をうけた。

「本山から法主といろいろな位の僧正、各教区から参集した僧侶、宝厳寺の総代役員、檀信徒、来賓のみなさん、そして報道陣もたくさん来ていて、おごそかで盛大でした」

開眼供養から始まった法要の写真を机上にならべて、松沢は手短に説明した。銀行からは急遽、頭取が参列している。写真に目をやりながら、よかった、よかった、とだけ野瀬は応え、すぐに目をはなした。あっけないほどさっぱりしているのは意外だったが、病後の体調を気づかい、松沢は早々に退室しようとした。すると野瀬がひきとめた。

ふっと肩の力をぬいて両手を机上で組むと、つづけた。

「まだ口外はできんが、六月末の株主総会で代表取締役を辞める。会長はつづけるが名前だけだ。文さんには世話になったが、そのつもりでいてくれ」

野瀬会長の取締役退任はすでに行内では周知のことだった。出社するのだろうか。そのことにみんなの関心はある。

松沢の場合、有村と知恵をだしあい、「一遍と今をあるく」のコンテンツは毎日更新していた。全国から感想や意見も届いている。十一月に開催する市民の集いの準備も始まっていた。動物愛護活動、それに定例会も順調に運営されている。痩せて、以前の精気が影をひそめている会長を気づかいながら、今後のふるさと塾のことを尋ねると、野瀬はくぐもった声で、自分に言い聞かせるようにゆっくりりと応えた。

「再来年の十一月まで、裏千家淡交会四国地区長の任期がある。ほかにもいろいろ公職があるが、四国地区長のあいだは会長職にとどまり、午後から出社するつもりだ。ふるさと塾の活動はやる。ただ例会は秋までにしよう。あとは十名ほどで自前の勉強会を開く。講師は文さん、あんただ。塾生は私が選ぶ。塾の名前を考えといてくれ。この塾は私が生きているかぎり、つづけるつもりだ」

いい終ると、ふだんみせる厳しい表情になった。

六月下旬の株主総会で、野瀬は代表取締役退任のあいさつをした。会長室へもどっていると、頭取がきて丁重に感謝の言葉を述べ、

「これからは、どうかお食事の量をふやされて、くれぐれもお身体を大事になさって下さい」

とこまやかに健康を気づかった。

「ありがとう。体力をつけにゃいけんから食べようとするが、胃が小さくなって、たくさんは食べれんのよ」

と野瀬はほそい声で応えた。思うところがあって減量をはじめ、一遍さんのように痩せほそったが、未亡人からの手紙を読み、自らをしばっていたくび木から逃れ、気持ちはいくぶん楽になった。しかし胃はもとにもどらないでいる。

ふるさと塾の例会は九月で終了し、十月から月に一回、清談会と名づけた塾が銀行の研修所の一室を借りてスタートした。塾頭の野瀬のもとに集まったのは、外国人技能実習生の世話をしている田嶋、マンドリンパイレーツ社長の薬師寺のほかに、坂村真民記念館館長、道徳教育の大会でシンポジストを務めた元中学校校長、安岡正篤の研究をしている地元の大学教授、内科医、鍼灸師、花火製作会社の会長、海運会社の社長、そして書家で道後の老舗ホテルのオーナーの十名である。多士済々の塾生を相手に講義することに松沢がためらいを示すと、

「大学の先生に安岡さんの本の解説を二十分、それから文さん、あんたが二十分話す。それで四十分、じっとがまんすればするほど、あとの懇親会の酒がうまくなる。気にせずにやってくれ」

と野瀬はいたってまじめな顔で説得した。

治癒していた気胸が再発したのは、それから一年後である。ふたたび入院し胸腔ドレナージを留置する治療をうけた。年があけた二〇一八年の早春に間質性肺炎を発症してみたび入院、薬物療法で症状の軽快をはかり、さらに在宅酸素療法をするため、携帯型の酸素ボンベから鼻孔へカニューラを挿入して退院した。体力がにわかにおとろえ、あるくのさえ困難になった。県社会福祉協議会会長の要職はつづいていたので、秋の大会ではカ

ニューラをはずし、車いすで登壇してあいさつをした。銀行への出社はやめたが、それでも月に一回ある清談会には、会長車に車いすと酸素ボンベをのせ、カニューラをつけて欠かさず参加した。懇親会にも車いすで出席し、中座をするまでいつも座をなごませていた。

淡交会四国地区長の任期が切れる十一月になった。

京都の都ホテルで開催される理事会・参事会合同会議への出席はかなわないにしても、会議のあとで個別に大宗匠千玄室にお目にかかり、退任のごあいさつをしたい、と野瀬は切望していたが、酸素の補充が欠かせないから無茶なことだ、と主治医はひきとめた。意気消沈して日ごとに元気がなくなる夫をみかねて、千代子は頭取へ相談をもちかけた。事情を察し頭取はすぐにうごいた。飛行機と都ホテルのＶＩＰ待遇の確保、大阪支店の役員車の手配、さらに道中は支店長を介添役でつけるなど万全の対応をとった。

その日、ホテルの部屋でまっていると、会議の席をいったんはなれた千玄室が側近とともにすがたをあらわした。ソファに座ったままの野瀬は鼻孔カニューラをつけた面をあげ、大宗匠を仰ぎみた。千代子は丁重に、夫のそばで平伏した。

「野瀬さん、よくぞ、お越し下さった」

「大宗匠、千様……」

目をしばたたかせると、涙がげっそり削げた頬をつたいおちた。

千はまなざしで遠来の賓客をいたわり、ひざを折ると包みこむように大きな両腕で抱き寄せた。

「よくぞ、よくぞ」

とくりかえし、

「いつもあなたとお会いするのが楽しみでした。お身体をくれぐれも大事にされ、どうか、どうか長生きして下さい」

やさしく語りかけながら、背中をくりかえしなでていた。

大宗匠が去ると、野瀬はベッドに身体をよこたえて休んだ。

どれほど眠っていたのだろう。

「あなた、空がとってもきれいですよ」

千代子の上ずった声で目が覚めた。

車いすで窓のそばまで行き、初冬をむかえる洛北の風景をながめた。かなたにはたおやかな稜線を黄金色に輝かせながら、薄墨色に深く沈んでいく山々がみえる。空に広がるうね雲はところどころ朱色に燃えたち、暗紫色にそまった無数の縁から、白銀色の光線が放たれている。

「まあ、怖いほどきれい！　不思議な夕焼け」

「そうだな、まるで曼荼羅のようだ」

みつめていると、野瀬のなかに『聖絵』の一場面がうかんできた。

一遍の一行が、江ノ島に通じる片瀬の浜の地蔵堂に逗留していたときに、「紫雲たちて花ふりはじめる」奇瑞がおこった。人々が怪しみ、どういうことだろうか、と尋ねた。すると一遍は、「花のことは花にとへ、紫雲のことは紫雲にとへ、一遍はしらず」と応えている。なぜそのような不思議が生じるのか、一遍はもとよりだれにもわからないというのである。さすれば、いまこの目の前にかくも荘厳な夕焼けがあらわれたのはなぜか、今日にあっても、だれも知ることはできないのだろう。諸法無我こそ真理なのか、いやそのことさえも怪しい。この夕焼ける空は消えて、闇があらわれる。夕焼けも闇も実在するのなら、それはどこからやってきて、またどこへ行くのか。思えば、「わが屍は野に捨て獣にほどこすべし」と告げて遷化した一遍もどこからきて、いったい、いずこへ行かれたのか。それはきっと一遍その人さえ、わかりはしなかったのだ。

野瀬は空が星空にかわるまで、じっとながめていた。

南国の松山にも冬がきて、寒くなった。

二〇一九年の一月まで、野瀬は千代子が付き添って清談会へ出席したが、翌月から清談会そのものが休会となった。

四月下旬の連休のその日は、朝からよく晴れて暖かかった。

昼前、野瀬は千代子にせがみ、妻がおす車いすで久しぶりに外へでた。愛犬と散歩をしていた小道を行くと、札所のほうからやってきた遍路姿の男が不意に立ちどまった。

「会長、田嶋です。ごぶさたしております」

田嶋は菅笠をあげて顔をみせると、車いすの前にしゃがんだ。その拍子に金剛杖が右手から落ち、コロコロ乾いた音をたてて転がった。

「休みの日はこうして、あるき遍路をしています」

「それがええ、あるけば空海さんにあえる」

野瀬は田嶋をみつめ、なんどもうなずくと、つづけた。

「私もなあ、一遍さんをさがしに行く」

「そうですか、きっと出会えますよ」

田嶋は腕をのばし、アームサポートにのせられた手をにぎりしめた。

この日から十日後、野瀬は息苦しさを覚えて入院し、令和に改元されて間もない五月十四日に永眠した。

家族に見守られ、やすらかな旅立ちだった。


〈了〉

あとがき

二〇二二年一二月一四日、NHKBSプレミアムに、再興された一遍上人立像が登場した。教養番組「英雄たちの決断　踊って踊って大ブーム一遍上人『鎌倉武士』を捨てた男」の中である。踊り念仏にスポットをあてた内容をぐっとひきしめるしつけ糸のように、立像が三度も画面に現れ、リアルで重厚な存在感をかもしだしていた。

最初、カメラは正面から迫り、墨色の糞掃衣と合掌した両手、そして一遍のやせほそった面もちへとアップしていく。二度目はななめ横からの相貌をとらえていた。くぼんだ眼窩に朱色がかった結膜、つきでた頬骨と深い翳、念仏を唱える口元はかすかにひらかれている。最後は再び正面からのすがたで、下根なるがゆえにすべてを捨て果て、阿弥陀仏へゆだねる一遍、その烈しい気迫とすみきった空気感が伝わってくるものだった。本書にいきさつを書いたとおり、ブロンズ像での再興ではあるが、一遍のこころを表現したお像として、この上ないものだと思う。

由緒ある木像の上人像は長楽寺（京都市）と無量光寺（相模原市）、それに宝厳寺（松山市）がそれぞれ所蔵する三基だけであったが、宝厳寺のお像は焼失したので、今日では二基だけになっている。無量光寺の上人像はご本尊なので年に一度の御開帳のときにしか拝めない。

いっぽう長楽寺の場合はふだんから公開もされていているので、番組では当然、長楽寺のお像が使用されているだろうと予見していたら、選ばれたのは再興してまだ間もない宝厳寺のブロンズ像であった。

本書の主役の野瀬英一郎はこの朗報に接することはできなかったが、実によいものをこの世にのこしてくれた。しかるに再興といっても、誕生したばかりのこのお像はまだまだ日が浅く、これから歳月を積み重ねてゆくことになる。今を生きる私たちも、やがていのちが尽き、生身の一遍と同様いずこかへ消え去るが、一遍のこころを宿したお像は、一千年の先には、きっとありがたさに跪(ひざまず)くほどの尊厳と風姿をそなえるだろう、と信じ願うばかりである。

本書の執筆にあたり、一遍上人を研究顕彰している一遍会事務局長の三好恭治氏と宝厳寺並びに総代のみな様に多くのご教示をいただいた。ここに謝意を記します。また出版に際し、美しく味わい深い本に仕上げて下さった装丁家の石間淳さんと装画家の永島壮矢さんに感謝申し上げます。最後になりましたが、本の泉社代表取締役の浜田和子氏には大変お世話になりました。心より御礼申し上げます。

二〇二三年三月

青山淳平

青山淳平（あおやま じゅんぺい）

一九四九年、山口県下関市生まれ。松山商科大学（現・松山大学）大学院修了。国家と個人のあり方をみつめた著書多数。著書に『海運王 山下亀三郎』『「坂の上の雲」と潮風の系譜――司馬遼太郎が敬愛した日本人』『海は語らない――ビハール号事件と戦犯裁判』『腎臓移植最前線――いのちと向き合う男たち』『長英逃亡潜伏期――高野長英と伊達宗城異聞』（潮書房光人新社）、『海にかける虹――大田中将遺児アキコの歳月』（NHK出版）、『海市のかなた――戦艦「陸奥」引揚げ』『夢は大衆にあり――小説・坪内寿夫』（中央公論新社）、『人、それぞれの本懐――生き方の作法』『司令の桜――人と歴史の物語』（社会思想社）『明治の空――至誠の人・新田長次郎』（燃焼社）、『小説・修復腎移植』『それぞれの新渡戸稲造』（本の泉社）、『ひめぎん物語』（愛媛銀行）など。

一遍（いっぺん）はいずこへ

二〇二三年四月一八日　初版第一刷発行

著　者　青山淳平
発行者　浜田和子
発行所　本の泉社
〒一一二-〇〇〇五
東京都文京区水道二-一〇-九　板倉ビル2F
電　話　〇三-五八一〇-一五八一
ＦＡＸ　〇三-五八一〇-一五八二
http://www.honnoizumi.co.jp

印　刷
製　本　亜細亜印刷株式会社

ISBN978-4-7807-2237-6 C0093